中文Ａ語言與文學課程
非文學文本分析七分範文點評

Chinese A Language and Literature Course
Non-literary Contexts Exemplary Essays

季建莉　徐亮　編著

繁體版

出版說明

本書是 IBDP 中文 A 語言與文學課程試卷一（非文學文本分析）的範文備考用書，依據最新大綱（2021 年首次考試）而編寫。

一、本書精選 17 種非文學文體，各章體例包含文體簡介、例題、本章小結三部分，有助於形成知識閉環。

二、主體部分為學生範文及教師評註，評註內容基於"開篇""要點""總結與引申"展開，旨在提示非文學文本分析的重點和難點。

三、本書所選範文均為學生所寫七分範文，編校過程中，在忠於原作原始語言風格、行文結構等原創內容的原則上，依據出版規範進行了一定的編校處理。具體包括：

（一）對原作中錯別字、漏字 / 多字、詞語使用不當等語言文字錯誤直接訂正。

（二）對數字、標點符號的用法，在不影響原作語義的情況下，進行必要的規範。

（三）對句子成分殘缺、語義不明、句式雜糅等語法錯誤進行修改。

（四）對原作中感情色彩運用不當、褒貶使用不當、絕對化表述使用不當等表述進行修改。

（五）對原作中"如上文""見右方圖片"等一類表述，依據版式位置進行必要的調整。

四、由於部分圖文受版權保護，本書對其僅引用部分內容，完整內容可掃描二維碼獲取。（封面及相應篇目處的二維碼均可掃描）

五、本書作者另有《DP 中文 A 語言與文學課程非文學文本講練指導》（暫名）、《DP 中文 A 課程非文學文本知識手冊》（暫名）兩書，亦在本社出版上市。三書內容互為補充，可完整覆蓋該領域的學習內容，幫助讀者梳理該知識體系。敬請讀者垂注。

三聯書店（香港）有限公司編輯部

2022 年 3 月

目　錄

使用說明

　　國際文憑大學預科項目（IBDP）第一組別——語言與文學研究（語言 A）：語言與文學課程，在新大綱（2019 年版）中的評估形式與文學課程一致。所不同的是，在試卷一中，語言與文學課程中的文本類型為非文學文本，而文學課程中的文本類型則為文學文本。

　　那麼，什麼是非文學文本？簡單地說，就是不具備文學性質或美學目的，而具有較強功能性的實用文體的總稱。根據歷年考題出現的非文學文本和大綱的非文學文本類型清單，本書模擬了 17 種非文學文本在語言與文學試卷一評估中的出題形式，由學生撰寫範文並加以評註，旨在幫助考生了解各非文學文體的分析方法，掌握分析思路，搭建概念理解與分析表達之間的橋樑。

　　對比舊大綱（2015 年版），新大綱中試卷一的評估看似並無大的變化，實則卻有內在的改變。這麼說也許對課程策劃者不太公平，畢竟評估是測試學習者的學習成效，而不是要迷惑考生、出奇制勝。但如果教師與學生不能真正理解新版試卷一的設題方法，那麼普通水準課程（SL）學生的答卷將失去中心，而高級水準課程（HL）學生的兩篇文本分析的要求，也將成為幾乎不可能的任務。新版試卷一和舊版試卷一其實只有一處差別：分析和評論。我們先來看舊大綱下試卷一的考題：

　　文本前：撰文分析下面任何一篇選文。評論其應用範圍、讀者對象、寫作目的和文體風格特徵等方面的意義。

　　文本後：兩道引導題，提示該文本中應注意的答題點。

　　由此可見，舊大綱文本後的引導題常常可以忽略，考生需要完成的是一篇全面的評論文章。我們再來看新大綱下試卷一的考題：

文本前：請針對引導題對以下文本進行分析。

文本後：一道要求考生從某一技巧或形式方式來分析選文的引導題目。

　　然而，大綱中的評分標準中也提及，考生不是必須要回答引導題中的問題，但所做的分析必須集中於文本某一特定方面。所以，既然大考題已經明確要求考生針對引導題進行分析，而引導題中又提供了探究選文的切入點，考生為何要為難自己，再自立討論焦點呢？由此可見，新大綱的試卷一是要求考生就選文的某個寫作技巧或文本特點進行文本分析，而不是針對選文的讀者對象、發表平台、寫作目的和文體風格的全面評論。理解了這一點，我們也就明白了為什麼高級水準考生能夠在 2 小時 15 分鐘內完成兩篇文本的分析了。

　　那麼，如何進行非文學文本的分析呢？本書認為，分門別類地學習各種非文學文本類型的文本特點、理解各選文類型的分析技巧、掌握非文學文本的分析模式、練習撰寫分析文章的思路，這些都是制勝的關鍵。我們並非鼓勵學生寫"新八股文"，更不是要遏制學生的靈感和創意；相反地，我們鼓勵學生在正確理解題意的前提下，打開思路，暢所欲言。然而，毋庸諱言，學生在學習寫作分析文章時，需要一套堅實有效的腳手架。只有在學習真正發生後，創意的火花才有可能出現。

　　當然，如同教無定法，學也並無定法。每個人都有各自不同的學習方法。而分析文章的寫作就更沒有所謂的模板了。但這其中存在一種弔詭的關係：選文是具有固定形態的真實文本，它所具有的文本特徵同樣也是固定的，其關鍵在於考生是否"看得見"，更在於考生能否將"看見的"分析出來，從而得出自己的結論。這是需要學習和練習的。在這個意義上，模板與創意，統一與個性，它們又是統一的。

　　對於中文語言與文學課程的老師與學生，如果本書能夠幫助你理解不同非文學文本類型的特點，能夠讓你對如何分析非文學文本產生一些靈感，抑或在你準備大考的時候給你一些信心，那麼所有的付出都值得了。

01 新聞報道

一、文體簡介

新聞體裁從廣義上可分為新聞報道類（如消息、通訊、特寫、專訪、調查報告、新聞公報等）、新聞評論類（如社論、評論員文章、述評、思想評論等），以及新聞副刊類（如散文、雜文、詩歌、回憶錄、報告文學等）三種。

二、例題

（一）評論類新聞

> **"中國式過馬路"集中反映了社會的規則失範**
>
> 【大為網評】最近，一條社會新聞上了微博熱搜。這條新聞來自新海市的《新海商報》。據《新海商報》報道，一群行人在可以走人行橫道的情況下，卻走在旁邊的機動車道上。這群行人裏不乏推著嬰兒車的老人，也有騎著電動自行車或三輪車的商販。微博上的網友將此種現象稱為"中國式過馬路"。通過微博圖片，不難理解這個熱搜標題，那就是"湊夠一撮人就可以走了，和紅綠燈無關"。而筆者認為，這種現象的出現並不是偶然的。（《新海商報》10 月 12 日）
>
> 當我們深入探討此種過馬路的"習慣"，不難發現社會環境是重要

因素。所謂"近朱者赤，近墨者黑"，而這種"習慣"也往往不止於此。比如，一些人在國內開車往往恣意妄為，甚至不顧紅燈，以此類行為標榜不遵守交通規則的"英雄主義"；但他們一旦到了國外就成了"守法公民"，比當地人都更加謹慎對待交通法規。有人說他們的兩面性根植於人性，而筆者看來，這是環境因素造成的。人們有意無意地受制於頭腦中的偏見，並因此影響我們的行為。比如我的外孫女，她從小縣城進入大都市後，對丟垃圾這件事謹小慎微，以往毫不顧忌地亂扔垃圾的她到了城市以後，便開始變得自覺起來。

闖紅燈也是如此。交通警示教育片中有過這樣的畫面：前一分鐘還是交通事故場面，後一分鐘行人又隨著人潮集體闖紅燈。行人難道不知道闖紅燈後果的嚴重性嗎？他們當然知道，而當詢問他們原因時，他們多半會說："大家都這樣做，為什麼只針對我？""中國式過馬路"之所以可怕，是因為這並非無意之舉，而是有意而為，在"不以為恥，反以為榮"的環境中，倫理和規則就會發生顛倒。

"中國式"的規則不僅體現在過馬路，在其他領域也同樣存在。比如，涉案人員會把犯罪行為歸咎於社會環境。這也無可厚非，畢竟，處於一個"劣幣驅逐良幣"的生態中，人們在很多時候都會同流合污，否則就會被嘲諷，甚至被孤立。"沒辦法，大家都這麼做，你不做就會被當作異類"成了很多人無奈的感慨，和為自身失範行為開脫的說辭。

表面上看，富有正義感的人總會譴責"法不責眾"的普世心態，但其實，最應被譴責的是社會秩序失範這一造成上述心理的根本原因。從某種意義上看，正是對"法不責眾"的過於遷就，才縱容了群體闖紅燈

的失範行為。"反正大家都這麼做，你又能處理誰？"諸如此類的說法讓人無言以對。正因如此，一些以"扎堆"甚至"全民"為特徵的現象層出不窮，以至於對於受法律和規則制裁的"馬失前蹄"者，人們總是冠以"運氣太差"的名號，而規則意識卻被拋到九霄雲外了。

當這類事件大多以"成功"的結果出現在世人面前，社會對其整治成本就會不斷增加。假使個案發生時都嚴格執行，那麼我想應該少有人會以身試法，故意破壞規則了吧。更為重要的是，在法律、道德之外，一些人受人情、金錢、關係等左右，打破規則，傷害了社會公平正義，進而導致社會秩序的失衡。假如一切遊走於法律和規則之外的行為都可以通過關係和金錢擺平，那麼誰還會敬畏規則的存在？當看病走後門、手術塞紅包等現象成為了一種常態，那麼反其道而行之的人就會成為人們競相攻擊的靶子了。

如此看來，"中國式過馬路"一定程度上反映了社會可能存在的規則失範問題。倘若不能重塑規則意識，實現真正的制度治理，那麼現狀將難以改變。因而，無論是交通秩序維護，還是社會治理，都應當強化法紀的嚴肅性和強制性，減少人為的影響，如此則"中國式過馬路"的現象才會發生改變。（大為）

文章改寫自《"中國式過馬路"是規則失範的縮影》
https://www.docin.com/p-712424038.html

引導題

討論作者如何論述他的個案，以及如何說服受眾接受他的論點。

✎ 評論示範

開篇：從西方價值觀中的"規則"入手，不僅確定了較高的立意，還體現了考生對於選文主旨及作者觀點的理解。

隨著西方的生活方式被國人漸漸熟知和廣泛接納，西方的價值理念也慢慢滲透到了中國人的思想層面中。相較於中國人傳統觀念裏的注重群體人際關係和社會情感因素，西方的價值觀更重視個人的規則和義務意識。而伴隨著西方所謂先進思想和規則的引入，國人的觀念也受到了不同程度

的衝擊。這種衝擊表現在多個方面，大到國家治理方式的層面，小到簡單的過馬路的行為。在中國社會建設不斷推進的過程中，關於中國人如何更好地適應現代化社會生活的討論就沒有間斷過，而以"中國式的XXX"作為報道和評論對象的文章也層出不窮。這篇新聞評論《"中國式過馬路"集中反映了社會的規則失範》便是針對《新海商報》10月12日對微博上"中國式過馬路"的熱門報道和相關的社會現象而進行的評論，通過一系列的個案，對比、討論了在當時社會環境下，百姓無視交通法規抱團過馬路這一引起熱議的社會現象，並說服人們加強規則意識。

作為一篇發佈在網絡新聞中心"大為網"的社論新聞，此篇對於社會事件的評論有著時效性高、內容準確性相對較強的特點，其受眾可判定為廣大網民，其語言用詞通俗易懂。在"社論新聞"這一文本類型中，作者難免會帶入一些個人想法，文章相較於事件類新聞多了些許主觀色彩，表達了作者對某一問題或事件的個人看法。新聞標題中的"中國式"一詞，暗含著社會中此類現象的普遍性。整個標題以完整的陳述句呈現，直接明了地表明了作者的觀點：規則失範。在接下來的論證中，作者對於個案的例舉，包括其使用的論證手法與論證時使用的語言，都對傳達論點起著決定性的作用。

首先，作者使用了對比論證和舉例論證兩種方法，使其所舉個案讀起來簡潔且具有一定說服力。在第二段中，當討論環境如何對人們的行為產生影響時，作者提到有的人在國外開車時小心謹慎，在國內卻放飛自我，甚至以不守法規為榮。通過對心態上不同的對比，作者有效地展示了環境對人們的影響，並達到指出和批評此種"中國式"心態的目的。接下來，作者便使用例舉的方法講述了自己外孫女的經歷，曾經在縣城亂丟垃圾的她因為進入大城市後而變得小心謹慎，不敢造次，從而再一次強調環境對人的行為有很大的影響這一觀點。而使用身邊的例子這一做法，不但能夠使文章更加令人信服，還能夠拉近讀者與作者之間的距離，使讀者意識到這種現象也許正發生在自己身邊。此外，作者還提到過馬路的人群中有著各式各樣的人，甚至不乏"推著嬰兒車的老人"和"騎著電動自行車或三

要點一：考生首先指出評論類新聞的總特點，回應引導題中的關鍵詞：論點，進而分析新聞標題的重要性，並引出下文的討論。

要點二：考生指出，文中將個案作為論據，通過對比論證與舉例論證，強有力地論證了作者的觀點。考生從文中的現象描述和個例說明入手，分析作者如何在字裏行間表達自己的觀點。

輪車的商販”，展現了這種秩序失範現象之普及，讓讀者意識到該現象之危險，並由此指向文章想要表達的中心問題，即環境造成了社會秩序的失衡。

要點三：語言分析。考慮到新聞的受眾，新聞評論的語言要求客觀、通俗。

其次，作者在描述和列舉個例時的語言具有日常化和大眾化的特點，能夠讓讀者一目了然，並拉近與讀者的距離。作者在第三和第四段提到闖紅燈和違法情形時，提到了諸多人在不遵紀守法時基本都會給出的說辭，如“大家都這樣做，為什麼只針對我？”“不以為恥，反以為榮”以及“沒辦法，大家都這麼做，你不做就會被當作異類”。另一方面，作者在說明事例時也引用了一些如“扎堆”“全民”之類的日常用語。這不但能使讀者意識到這種法不責眾的病態心態的普遍性，及其在人們心中的根深蒂固之感，從而引出“社會秩序的失範”這一問題，更能使讀者聯想到自身是否也有過相似的想法，從而達到使讀者反思自身的效果。值得一提的是，作

指出“中國式”一詞反覆出現的作用。

者多次提到“中國式”一詞，體現出規則的失範已然融入大部分百姓的行為中，通過提出“難道這些人不知道闖紅燈後果的嚴重性嗎？”的質疑，並作出回答：“反正大家都這麼做，你能處理誰？”，從而強有力地點醒讀者，強調了此種現象已然成為一種“普世心態”，讓讀者意識到問題之嚴重足以上升到民族層面，且能與品行道德相提並論，由此呼籲廣大百姓維護社會秩序。

要點四：指出評論中值得商榷的地方，體現考生的批判性思考。

然而，對於某些作者列舉的個例本身來說，其可信度似乎值得質疑。通讀全文，不難發現作者在舉例時除了講述大致發生的事情外，大部分時候並沒有任何細節的提及。例如，作者在提到國內百姓開車肆意妄為時所使用的“有的人”，以及大量人群抱團過馬路時使用的“這些人”“他們”，而非更詳細的人物事例。這種較為籠統的舉例論證雖然可以概括與其相似的一系列事件並使讀者理解，但卻缺少了能使讀者完全信服的細節，故引起了讀者的疑慮，從而削弱了文章的說服力。

總結與引申：點明新聞評論的有效性，關照文章開頭，並提出作者在討論時的欠缺之處。

綜上所述，文本相對有效地將作者的立場和觀點呈現給了讀者，有一定的說服力。讀者在閱讀之後能夠對“規則”以及“規則失範”產生更清晰的認識，同時也會反躬自省，探討周遭常見的規則失範案例，更好地認識

規則失範所帶來的危害，也會對類似的"中國式"問題有更深入的探究。當然，作者如果可以更好地闡述與規則的制定和執行相關的政府部門和法律機構所扮演的角色及其失職之處，那麼將會更好地把形成規則失範的社會環境及原因呈現給讀者。如非觸及規則制定者和執行者的責任，那麼"規則失範"就成了一個隨處可用的標籤而已，在讀者看來，似乎規則只能靠個體來維護，殊不知在中國這樣有別於西方體制的國家，規則制定者和執行者恰恰要為"規則失範"負有不可推卸的責任。

✎ 綜合點評

這篇評論緊扣引導題，能夠根據新聞評論的文本特徵，對作者如何利用個案論證觀點進行清晰、有效的分析，並對該論證方式的有效性進行討論與評價。

文章通過對新聞評論內容和語言的分析，揭示了文本通過個案推及現象，再由現象剖析本質，從而達到說服讀者的目的，展示出考生對該文本寫作目的深刻而透徹的理解。考生在分析時，抓住了評論類新聞兼具客觀性和主觀性的特點，即在遵循新聞事實的基礎上加入了作者主觀的評論。同時，考生還指出了作者通過分析個案進行論證的優缺點。考生能夠充分引用文本支持自己的思想觀點，對新聞評論文本的語言特色分析到位。文章的結構清晰，開篇立意較為宏觀，結尾還提出了評判性的建議，指出該文本在討論課題方面的不足之處，主張規則制定者和執行者對"規則失範"負有不可推卸的責任。通篇評論性語言彰顯了考生縝密的邏輯思維和成熟的語言功力。

（二）事件類新聞

吃瓜群眾哄搶免費西瓜
志願團體砸瓜為防踩踏

2018 年 7 月 8 日

　　本報訊：新海市最近一段時間酷熱難當，高中生王大為隨即發起一個公益活動——向市民免費派送西瓜和冰水券。可是讓人萬萬沒想到的是，派送當天由於前來領瓜的「吃瓜群眾」太多，加之一些額外因素，現場出現了哄搶的突發狀況。為了防止發生上前搶瓜的年長者們被踩踏的事故，與王大為一起進行西瓜派送的志願團體不得不將剩餘的西瓜砸碎。

活動現場混亂，一地碎西瓜。（視頻截圖）

　　王大為雖然才上高中，但因受到父母影響，一直熱心公益，並在學校成立了公益社團，招募志同道合的同學，曾組織活動為參加高考的考生和陪同的家長送水。這個夏天，新海市熱浪滾滾，而熱衷公益的王大

為發起了一個"向市民免費送西瓜"的活動，並很快找到一家願意提供一萬斤西瓜和兩千張冰水兌換券的贊助商。

據王大為稱，為了取得良好的宣傳效果，前期有很多志願者在各個社區分發傳單。誰曾想，活動當天來了很多上了年紀的長者，將近兩千人。配合活動舉辦的文藝匯演期間，主持人順利地送完冰水兌換券，但是接下來的西瓜派送環節從一開始便出現了混亂。

"有幾個人衝上前，後面便圍上來更多的人。"一位名為"正義"的網友通過手機拍攝了長達 25 分鐘的視頻，清晰地展現了現場的情況，主持人剛說完"請大家排好隊，準備發西瓜"，就有市民衝到前面開始搶。在秩序即將混亂之際，主持人開始呼籲現場市民排隊，有序領取，但卻被當成耳邊風。根據計劃，每人只能領取一個西瓜，但卻有人一拿就是好幾個。

"當時太混亂了，很擔心出現踩踏事件。"王大為說。同時，現場有一些志願者直接把現有的西瓜砸在地上，"出於氣憤，也是出於制止圍上來的人群，以免造成踩踏事故。"隨後，現場主持人也組織志願者手拉手形成一道人牆，這樣才慢慢將現場的情況穩定了下來。因為擔心再次出現混亂情形，主持人當場宣佈活動暫停。而停在現場附近的裝載西瓜的貨車也被老人們團團圍住，將剩餘的西瓜全部拿走。

贊助商負責人張海洋表示，現場大部分人還是守秩序的，只是個別人的不當行為造成了場面失控。而王大為也承認這場公益活動失敗，他表示，這與社團前期準備不充分、現場掌控能力不足有一定的關係。贊助商和校園委都在事後安慰並鼓勵他，他也會總結教訓，在日後的公益之路上繼續前行。

文章改寫自《免費送西瓜遭市民哄搶 安徽高中志願者為制止無奈砸瓜》
https://www.guancha.cn/society/2017_07_06_416771.shtml

引導題

試論作者描繪這一事件的角度及其效果。

✎ 評論示範

敘事視角是指敘述中對事件內容進行觀察和講述的特定角度。同樣的事件，從不同的角度去看，就可能呈現出不同的面貌，在不同的人看來也會有不同的意義。從人稱上來說，敘事角度有第一人稱、第二人稱和第三人稱；從人物在作品中的地位來說，敘述角度有主要人物角度、次要人物角度；從敘事故事的內容來說，有全知視角、半知視角和客觀視角。同一個事件經由不同的角度進行敘述，效果截然不同。

在一篇新聞報道中，作者通常會巧妙地使用特定角度說服讀者。這篇新聞《吃瓜群眾哄搶免費西瓜，志願團體砸瓜為防踩踏》是針對新海市近期一個公益活動所引發的踩踏事故而進行的報道。新聞於 2018 年 7 月 8 日發佈在觀察網，文體為新聞報導。觀察網這樣的官方平台，進一步增添了這篇報道的權威性和可信度，擴大了受眾範圍，讓更多的中國網民都能了解到這一事件。所謂新聞報導，就是對新近發生的客觀事實的報道，具有一定的準確性、真實性、簡明性與及時性。但客觀事實本身並不是新聞，被報道出來的新聞是在報道者對客觀事實進行主觀反映之後形成的觀念性的信息，而這一點則主要體現在文本作者對敘述角度的選擇與使用上。

首先，在此篇文章中，作者主要使用了第三人稱的視角來還原整個事件。敘述人不出現在作品中，而是以旁觀者的身份出現。然而，這並不能說明作者本身是絕對中立的，這一點具體體現在整篇報道的重點報道人物和角度上。在新聞的導語中，作者交代了事件的梗概，雖用了旁觀者的視角，但卻將這種視角聚焦在了志願者王大為一人身上。從"高中生王大為隨即發起一個公益活動"入手，交代了本次搶瓜事故的起因——"'吃瓜群眾'太多"，這是"讓人萬萬沒有想到的"，最後再次集中到王大為這一人物上，為他後來"不得不"砸瓜的行為作出了一個積極正面的解釋。這樣的角度能讓讀者一開始就將自己代入"王大為"這一角色中，隨即在二、三段簡單描述這場事故後，再次引用王大為本人的話語，及其對此事故的反思作為結語。作者使用了大量筆墨來描述王大為，並從王大為的角度出

開篇：從引導題出發，簡析"敘事視角"對事件呈現的影響。

要點一：分析文本的原始語境：文體、出處、受眾。

指出新聞文體的真實性、客觀性與主觀性並存的特點。

要點二：分析第三人稱敘事視角的效果。

特別指出新聞導語中的人物聚焦與用詞特點。

延申到正文，指出在第三人稱視角下的人物聚焦，同樣能夠表達作者的主觀立場。

發展開討論。這樣有選擇地重點描述一個人物的敘事視角，不言而喻地表明了作者本人所持的觀點，並相對有效地讓讀者在有限的信息中"被動"接受作者意圖導向的立場。

文章中圖片的使用也同樣表露了作者敘述這起事件的角度。兩張圖片是事件發生現場的視頻截圖，路人的視角再次將讀者代入了旁觀者的角度，並使整篇新聞具有實時性和可信度，增強了代入感。兩張不加修飾、出自第三方的圖片更使讀者身臨其境，全面了解活動現場的混亂。反之，如果作者使用的是事件之後專業記者所拍攝的圖片，那麼大多數受眾將難以進入現場旁觀的視角，從而質疑作者的傾向性，反而無法達到作者預期的視覺衝擊效果，無法很好地說服讀者傾向於志願者王大為這一方。

最後，作者通過對詞語的選擇和行文風格的駕馭，進一步表明了立場。在描寫搶瓜群眾時，作者反覆使用負面消極的詞彙，如"哄搶""耳邊風"等。這些帶有負面色彩的詞彙無一不在無形之中批評和貶低市民強搶西瓜的行為。而"個別人行為不當"更直截了當地揭示出作者對此行為的判定。另一方面，當作者描寫以王大為為首的志願團體時，則使用了積極正面的語言，如"熱心""呼籲""不得不將剩餘的西瓜砸碎"等。其中"不得不"一詞更是強調了最後志願者的砸瓜只不過是被逼無奈之舉。這種褒貶詞彙的交替使用明顯體現出作者鮮明的個人感情與其看待此次事件的立場，從而帶動讀者的感情，使他們更願意站在志願者一方。

藉助上述手法，選篇相對有效地將作者的立場和觀點呈現給讀者，具有一定的引導性。作者從相對客觀的角度出發，給出有限的背景和採訪信息，同時配合圖片和語言的使用，成功說服讀者贊同作者的觀點。但是，在這篇新聞報導中，搶瓜群眾的話語是缺失的，背景中並沒有提及他們，採訪的對象也沒有他們。這可能會造成事件報道的不完整，使此則新聞的客觀性和嚴謹性大打折扣。

圖片的拍攝視角同樣具有導向性。

要點三：語言分析。感情色彩鮮明的詞語，表達了作者在此事件中的立場。

總結與引申：點明新聞事件報道中的導向性，並指出作為新聞事件報道所缺失的客觀性與嚴謹性。

✎ 綜合點評

　　這篇事件類新聞的分析論文，緊扣引導題，逐步分析了新聞敘述視角的選擇、敘述人物的聚焦、新聞圖片的拍攝角度以及新聞文本的敘事語言，並闡述了這些文本特點所產生的敘事效果。

　　新聞文本的本質就是還原事件本身，以儘可能客觀的立場報道新聞事件。考生在分析此文本時，充分意識到了作者的敘事角度從根本上動搖了新聞的客觀性，使此新聞報道帶有濃厚的記者個人的意識與立場。考生在分析時，能夠引用文本支持自己的觀點，從敘事角度的方方面面討論了其所產生的敘事效果。考生在末尾還批判性地指出了此新聞報道的不足之處，即一方話語的缺失，進而批評此新聞報道中過於彰顯的主觀性。

（三）新聞人物特寫

新海網 人物專訪　　　　　　　　　字號：大中小　請輸入關鍵詞搜索

李凡衣[1]：我恰好分享了你也喜歡的生活

2020 年 02 月 28 日 08:15　來源：新海晚報　🔲🔲🔲⭐🔲🔲 參與互動

新海網記者　　王大為

2020 年 2 月 28 日

　　採訪之初，李凡衣還有些拘束，她說："這是我第一次接受正式的採訪。"面對鏡頭，她也很少會抬頭，除非被問及一些問題的時候。這位在海外視頻網站有著百萬粉絲的視頻博主，一如她視頻中的形象，沉默寡言卻又張力十足，充滿了故事。在國外網站的走紅自然引來了國

1　虛構人物，根據網絡紅人李子柒改寫。近年來，她的短視頻走紅海外網站，但視頻內容受到了一定的質疑。

內網友對她的關注。除了讚揚之聲，隨之而來的還有關於她方方面面的質疑。

　　近日，新海網記者獨家專訪李凡衣，請她就最近大家所關心的話題談談她的想法。

李凡衣在摘茶葉

● 走紅之前：做過很多行業，吃過很多苦

　　她說她的童年是與爺爺奶奶一起度過的。因為父母離異以及父親的早逝，她很早就在爺爺奶奶家生活。小學五年級的時候，她的爺爺也過世了，奶奶年事已高，她不得不早早擔起家庭的重擔。

　　從她略微粗糙的手能夠看出，她曾經吃過很多苦。她透露，她中學一畢業就曾獨自一人去城裏打工，靠著小時候跟著爺爺一起做木工的手藝，在城市中生存了下來。她做過飯店服務員，也在夜店做過DJ，居無定所，有時也食不果腹。

　　採訪過程中，她不時會將手頭的餐巾紙疊出各種漂亮的花。"這是在飯店學的。"面對曾經的打工生活，她只是平淡地說："做過很多行業，也吃過很多苦。"

　　幾年後，生活出現了轉機，在酒吧當服務員讓她有了可觀的收入。

然而，這段經歷也使其備受質疑。面對這些質疑，李凡衣也從來不迴避，她說：＂不管我從事什麼工作，都是為了給奶奶和自己一個穩定的生活。＂直到 2012 年，因為相依為命的奶奶在老家突然生了場大病，她不得不離開城市，回老家開了間網店。2016 年，為了推廣自己的網店，促進網店商品的銷售，她開始拍攝短視頻。

● 意外走紅：拍視頻讓我生活多姿多彩

隨著不同平台關注她的粉絲逐漸增多，李凡衣也意識到自己的視頻內容要更加多元化，於是，才有了我們現在看到的短視頻內容：剪窗花、寫對聯、染布、繡花、烘焙、造紙……她似乎無所不能。當看到她一個人背起七八十斤的稻穀，獨自扛起三四根四五米長的新竹，網友們都在好奇她怎麼有這麼多生存技能。李凡衣說：＂大家覺得這是生活技能，在我看來那是我的生存本能。以前是為了生存，如今是為了生活。＂

當然，她也坦言，也有很多技能是她先學會，再拍成短視頻的。比如說繡花、包餃子等。＂一開始我也不會做這些，但是為了視頻的效果更好，我就努力學習，例如包餃子，開始包不好，就繼續包，總有包好的時候。＂拍短視頻也間接地讓她學會了更多的技能，甚至包括拍攝和剪輯的技術。她說道：＂拍視頻讓我生活多姿多彩，我樂於學習新的東西。＂

然而，這些付出卻讓她受到網友們的質疑，說她＂不是一個人拍攝、是有團隊的＂＂作假＂等等，她聽到後十分生氣。早在 2017 年，她就公佈了自己 20881 條拍攝素材。視頻中，她為了拍好一個畫面，來來回回拍攝了十幾次。後來，她想開了，＂證明也沒有什麼用＂。於是她找了一位專業攝影師和一位助理，＂現在我自己主導內容，攝影師會拍好素材，然後我來剪輯主體。＂

● 面對外界：我恰好分享了你喜歡的生活

李凡衣的視頻首先受到的是國外網友的追捧。央視名嘴白岩松這樣評價她：＂面向世界的傳播中，沒什麼口號，卻有讓人印象深刻的口

味，更贏得了一個又一個具體網民反饋回來的口碑，值得借鑒。"　"歪果仁研究協會"會長高佑思認為："通過視頻你能感受到溫暖，感受到家庭的意義。"

"美好的東西都具有共通性，我自己喜歡的，外國朋友也喜歡。這種美好是不是我帶來的並不重要，關鍵在於我恰好分享了你也喜歡的生活。這種共鳴讓人感到滿足。"李凡衣說。她坦承自己很幸運，了解她的人卻說，她靠的不僅僅是幸運："她是短視頻領域的天才型選手，全靠她過去的每一步積累，才成就了今天。"其經紀公司——海州思情科技有限公司聯合創始人李曉波如是說。

面對大大小小的質疑，李凡衣與團隊均保持沉默：一方面，反覆回應讓她覺得疲倦；另一方面，天生不服輸的性格讓她寧可把時間和精力投入視頻創作中。對於未來，李凡衣稱沒有太多計劃，"但肯定繼續做我喜歡的事情，因為還有很多事情在吸引著我。"

文章改寫自《李子柒：分享我的生活 恰好你也喜歡》
http://k.sina.com.cn/article_6456450127_180d59c4f02000tr2m.html

引導題

作者如何利用寫作技巧呈現李凡衣這一網紅的形象？

✏️ 評論示範

在一篇人物專訪的新聞報道中，人物本身就是新聞，即人們通常所說的"姓名即新聞"。新聞報道《李凡衣：我恰好分享了你也喜歡的生活》中的人物——網紅李凡衣，由於其自身帶有一定的熱度，因此她的一舉一動都能成為報道的素材，而有關她的報道自然也有了新聞價值。

此篇新聞人物專訪《李凡衣：我恰好分享了你也喜歡的生活》是圍繞視頻博主李凡衣展開的獨家專訪。文章在 2020 年 2 月 28 日發佈於《新海晚報》，說明了其實效性與權威性。人物專稿是以反映特定人物事跡和思想面貌的新聞文體，其特點包括文字簡潔通俗，內容充實，同時順應社會

開篇：指出人物特寫類新聞報道中，人物本身即新聞。

要點一：分析文本的原始語境，包括文體與出處，文體的一般性特點，指出人物形象所蘊涵的意義。

要點二：分析文章結構
佈局對人物形象塑造的
作用：
1）小標題的作用
2）結構線索

發展，展現時代特徵。李凡衣這樣的人物形象，代表了一種田園牧歌的生活方式，是新時代下中國文化輸出的媒介。而作者通過以下幾種方式，一步步塑造並昇華了這一人物。

首先，文章的結構是敘事的關鍵。作者使用了三個小標題將文章分割為三個主題，使其敘事更有條理，更加清晰。在三個小標題中，作者使用了"走紅之前""意外走紅""面對外界"作為開頭，使段落主題更為明確，讀者的閱讀體驗也更為連貫。不僅如此，作者選取的三個主題均為多數受眾所好奇的問題，同樣也是李凡衣本人作為一個公眾人物所面對的種種質疑，例如"這段經歷""有團隊"等。作者在這三個部分逐一進行了回應，在解答讀者疑問的同時，使整篇文章邏輯清晰，也使李凡衣這一人物形象更加生動立體。在這樣的基礎之上，作者利用縱向式的寫作技巧，以時間為順序，依次展現了李凡衣在各個年齡階段中的體驗與經歷。從"小學五年級"開始，到"去城裏打工"，最後在 2016 年"開始拍攝短視頻"。這樣的結構線索清楚流暢，便於讀者了解文章中新聞人物的經歷。

討論文本敘事的著眼點：
細節描寫。

其次，作者從細微處落筆，從人物的一個瞬間、一個物件、一句話入手，在有限的篇幅裏牢牢抓住人物的細節展開敘述。如"面對鏡頭，她也很少會抬頭，除非被問及一些問題的時候""採訪過程中，她不時會將手頭中的餐巾紙疊出各種漂亮的花""早在 2017 年，她就公佈了自己 20881 條拍攝素材"等。這些看似不必要的細節則是剝離人物層次的關鍵，生動地體現了李凡衣勤奮好學、不怕吃苦，以及內向的人物性格，使其更加有血有肉。此外，在標題下方，作者使用了一張李凡衣正在摘菜的生活照，

圖片呈現出一個在現實生
活場景中的人物形象。

畫面背景為其視頻裏常出現的鄉村環境。圖片中的竹筐和土灶等農村常見的農作器物，更突顯了李凡衣作為宣傳中國傳統文化的博主形象。這些細節使作者筆下的李凡衣這一人物冒著煙火氣，充滿層次感和現實感。文章在體現人物生動性時，使人物形象避免像紙片人一樣片面、靜止、單薄，同時言簡意賅地向讀者展示了文章主題。

另外，文本的敘事角度與敘事語言相結合，使得人物形象更為真實而生動。新聞的標題與正文中的小標題，皆引用了李凡衣自己的話語。"這

是我第一次接受正式的採訪""做過很多行業，也吃過很多苦""我恰好分享了你也喜歡的生活"，這些個性化的語言，既凸顯了李凡衣溫婉知性的性格特徵，又回答了讀者可能有的質疑。新聞正文的敘事中，有多處對李凡衣原話的直接引用，使人物直接"站在鏡頭前"，與讀者溝通，或回答質疑，或直抒胸臆。"不管我從事什麼工作，都是為了給奶奶和自己一個穩定的生活""但肯定繼續做我喜歡的事情，因為還有很多事情在吸引著我"，這樣的視角與語言，使得文本的語言風格整體上呈現出生活化與通俗化的特點，在拉近與讀者的距離的同時，也將一個真實坦率、不做作的李凡衣呈現於讀者面前。

要點三：語言分析。相對於轉述，記者選擇了讓人物自己"說話"，這樣的敘事視角與個性化語言相結合，讓人物形象更為真實，並拉近了與讀者之間的距離。

最後，想要塑造豐滿的人物形象，作者還要通過他人的表達對人物進行描寫。比如："央視名嘴白岩松這樣評價她：'面向世界的傳播中，沒什麼口號，卻有讓人印象深刻的口味，更贏得了一個又一個具體網民反饋回來的口碑，值得借鑒。'""歪果仁研究協會會長高佑思認為：'通過視頻你能感受到溫暖，感受到家庭的意義。'"人的性格往往是多面的，公眾人物在公開場合的表現不一定能完全反映他們的真實面貌。因此，引用白岩松等名人的觀點，能使文章更加真實，讀者也將更願意選擇相信文章內所描述的內容，從而懷著更大的興趣去閱讀。

通過間接描寫，使人物形象更為豐滿。

總而言之，藉助上述手法，選篇相對有效、清晰地整理了李凡衣的人物形象。從記者的描述中，李凡衣這一網紅形象是正面、積極的。然而，人物特寫的新聞報道與單純的紀實性報告文學有所不同。前者作為新聞報道，要求有一定的客觀性，避免過於主觀的報道。在這篇新聞報道中，作者依據自身的主觀印象，在描述人物時使用了大量褒義詞彙，塑造出一個相對完美的人物形象，但對人物可能出現的缺點卻避而不談。那麼，在讀者看來，這樣一篇報道難免缺乏公平客觀性。

總結與引申：點明文本中所塑造人物的完美性，並指出作為新聞報道，此篇文本所缺失的公平客觀性。

✎ 綜合點評

在分析人物特寫類新聞報道時，考生常常會忽略新聞文本的客觀性。對於此篇分析文章，考生在整理分析了作者運用的各種寫作技巧的同時，

注意到了這一新聞文體特點在此文本中的缺失，並在文末提出了自己批判性的觀點。

考生在分析文本原始語境後，直接指出了文本中人物形象的內涵，接著從文本的結構佈局——標題與敘事順序，以及報道的選材、圖片、敘事角度、語言特色和寫作手法方面，全面分析了作者塑造人物形象的各種方法。分析緊扣引導題，並精選文本原語句作為論據，使整篇文章論證得有理有據，邏輯縝密且有條理。

考生的應答表現出其對於原始文本的深刻理解，並有效掌握了人物特寫類新聞報道的寫作手法與文體特色。文章的語言成熟老練，表現出了較強的分析評論能力。

 三、本章小結

對於一篇新聞報道，不論是時事評論、事件報道，還是人物特寫，其文本本質上都具有新聞報道的時效性與客觀性等特徵。在分析此類文本時，不論引導題的側重點在哪裏（選材、視角、結構或語言），考生都應在應答時考慮到此文本的特性——時效性與客觀性，並將自己對此特徵的理解融入對提示題的回應中。所謂時效性和客觀性，在新聞類文本中主要體現在作者所選用的敘事角度、所引用的事實表述方式、圖片的選用技巧、觀點的整合態度等等。如果考生能夠在作答中將這些方面進行整合，那麼不僅可以完成題目的要求，同時也將避免因缺乏思路而無話可說。

另外，新聞報道常與社會熱點問題掛鉤。考生在應答時，應考慮到一點。在開頭和結尾處，應討論新聞報道對現實社會課題的有效性，如此才能使自己的文本分析更有深度。新聞熱點是作者發表相關報道的語境，文本分析不可脫離語境，同時，針對作者的報道與相關熱點的關聯性進行有效性評論，可以增加分析的批判性效力。

學習者檔案

02

宣傳海報

一、文體簡介

　　海報，追本溯源，特指用於戲劇、電影等演出、活動的招帖。過去，上海人把職業性的戲劇演出稱為"海"，故作為劇目演出信息的具有宣傳性的張貼物，則被稱為"海報"。海報利用圖片、文字、色彩、空間等要素進行完整的結合，以達到宣傳的目的。

　　宣傳海報一般尺寸比較大，圖文具有遠視性和藝術性。宣傳海報的種類很多，有活動宣傳、營銷推廣、社會公益、法制宣傳等等。

二、例題

由於版權問題，查看全文請掃碼二維碼，
進入網絡資源。

引導題

文字內容和視覺元素是如何結合，達到文本宣傳的目的的？

✎ 評論示範

　　眼睛是人認識世界的重要器官，信息通過視覺媒介的傳遞，從而達成溝通和交流。而將文字內容與視覺元素相結合，不僅能夠體現設計者在信息傳播方面的創造性，還能夠更直觀地傳達出文本的主題。

　　宣傳海報是圖文結合的常見文體。公益海報作為宣傳海報的一種，其作用通常是以圖文結合的方式向公眾宣傳公益性質的信息，從而為公眾謀取福利，或提高公眾在某一領域的意識。它的特點包括非盈利性、觀念傳遞的有效性，以及受眾的廣泛性。公益性海報能夠啟迪大眾，促使公眾自省並關注某一社會性問題，進而形成良好的社會風尚。在這一組公益系列圖文海報中，作者宣傳的是"春蕾計劃"公益項目，此項目致力於改善貧困家庭女童受教育的狀況，通過展現四張圖片，從不同角度提高群眾對這一問題的普遍意識，呼籲廣大受眾為保障貧困女童的教育、安全、健康而捐款。本文作者通過使用文字、圖片、色彩等圖文元素，展現了不同女性人生中的重要階段與瞬間，進而塑造健康積極的女性形象，以此引導受眾關注以女性為主體的"春蕾計劃"。

　　首先，作者通過宣傳標語"我喜歡我是女生"與四幅圖片相結合，構成了該系列廣告的整體性與連貫性。每一幅廣告都展現了不同女性處在不同人生階段快樂、自信的模樣。琅琅上口的短語——"我喜歡我是女生"，明確且直接地表明了海報的訊息和主題，肯定積極的正面語氣使讀者感受到自信向上的女性形象，進而關注女性群體以及"春蕾計劃"。宣傳標語的反覆使用，既能強化受眾對女性身份的印象，也建立了這一系列海報的統

開篇：從視覺與溝通的關係引出圖文結合的作用，從而有效地回應引導題中的關鍵詞，進而展開文本分析。

要點一：對公益海報的特點做了介紹，突出文體特徵。

提出本文的論點：通過文字與視覺元素，引導受眾關注"春蕾計劃"。

要點二：考生能夠抓住最醒目的文字特徵，以此入手，分析海報的宣傳標語。

考生從標語的內容入手，分析標語的統一性與差異性，進而分析人物獨白，層層深入，邏輯清晰。

一性。這種統一性為讀者閱讀海報提供了隱含線索，提示讀者關注統一性中的差異所在。另外，與"我喜歡我是女生"相呼應的理由也十分多樣。對話框中，不同女性人物所述的理由都體現了其對自身價值的肯定。其中，人物獨白都使用了第一人稱，語氣充滿自信，字裏行間表達著女性應有的權利："因為我可以選擇……""因為我可以當……""因為幸福的鑰匙就把握在我手中"等等，展現著女性擁有決定自己人生的權利與能力，進一步昇華了海報的主題。此外，第一人稱"我"，也使讀者能夠迅速代入"女性"這一角色，並站在她們的角度，體察女性的真實心理，從而產生共情。另外，雖然每張圖片中女性的年齡、長相和處境各不相同，但她們都表露出快樂與笑容，這與文字標語中所展現的統一性與多樣性相匹配，互相襯托，能夠有效打動讀者，從而達成宣傳目的，並使讀者支持"春蕾計劃"。

要點三：考生對圖像進行了進一步分析，很好地將引導題中的圖文元素進行拆解，分別闡述。

其次，作者將不同女性角色的獨白和圖片的內容相結合，使海報所傳達的信息更具代表性和包容性，使更多讀者產生共鳴，並增加對於"春蕾計劃"的認知度和好感。此文本中的四張圖片及對話框中的獨白，都與"女性權益"這一大主題有著密切的聯繫，例如：在"因為我可以選擇成為一個媽媽"這張海報中，配圖是一位懷抱著嬰兒的母親形象。通過合適的圖像與文字內容的結合，使海報畫面具有故事性，能夠有效吸引受眾。四幅圖中的女性分別為母親、獨立女性、新婚女性和女學生，這增加了文本涉及的受眾人群，從而增強了文本的影響力。圖片中的女性都是真實的普通人，前三張圖中，她們的網名是：窩頭、ET、DoubleJ。緊接著，作者恰如其分地將"春蕾女孩"加入第四張圖中，使受眾對其產生關注並發生好奇。普通女性的獨白心聲講述了只屬於女性的精彩故事——成為母親、穿上裙子、成為妻子，這些看似平常的人生故事，與主人公的笑容和動作結合，生動展現了一幅幅自信的女性圖像，成功地讓身處於相似情境的讀者與她們產生共情。廣告中也加入了女性特有的象徵，如生子、裙子、婚紗、"小棉襖"等，以正面視角對其展示並讚揚，同時呼籲廣大女性自愛、自信。文本通過與廣泛受眾產生共鳴來宣揚女性教育的合法性和正當性，得以獲得讀者的認同與支持。

考生在分析圖片與文字結合所呈現的畫面特徵時，能夠關注人物的身份及其特徵，並結合文字內容的作用進行闡述。

最後，作者通過佈局和色彩，有效強調了文本的表現力。海報中畫框的亮橙色與"春蕾計劃"的標誌顏色相應，能夠吸引讀者的目光，加深對文本和春蕾計劃的印象。海報中還植入了二維碼，方便有興趣的讀者輕鬆獲取更多的信息。海報文體的特徵和表現方式使這組系列海報有良好的視覺體驗。海報中的語言通俗易懂，標語的字體大小合適，讀者在一定距離外也能清楚閱讀。這是一個功能性和藝術性兼具的公益海報系列，但美中不足的是，與宣傳標語相比，公益項目和主辦機構的標誌太小，讀者除非細緻閱讀，否則難以察覺廣告實際的宣傳目的。

要點四：考生對海報文體的其他元素進行了補充，包括海報顏色、字體以及整體排版。

考生能夠指出海報的不足之處，體現了考生的批判性思維。

總結與引申：說明此宣傳海報在宣傳方面的有效性，並提出此文本的欠缺之處。

總而言之，藉助上述手法，該宣傳海報成功地將文字內容與視覺元素結合在一起，將"春蕾計劃"公益活動的目的宣傳給讀者，且有一定的引導性。然而，對於不了解"春蕾計劃"的廣大群眾來說，這組公益系列圖文海報缺少了許多關於此公益活動的關鍵信息，讀者只能接收到有關建立女性自信心的信息，而忽略了此文本另一個重要的宣傳目的——為"春蕾計劃"捐款。但不可否定的是，該文本確實引發了讀者對於女性的權利與人生的思考，確切地傳達了女性應當自重、自愛、自信的正面訊息。

✎ 綜合點評

這篇文本分析文章，根據引導題的提示，圍繞海報文本的特徵，從宣傳標語、語言文字、圖文結合建構的畫面，以及海報文本的排版等方面，條理清晰地分析了此系列宣傳海報的特點，並闡述了作者如何利用這些特點達到宣傳的目的。

文章的分析全面且深刻，不僅涵蓋了海報文本各方面的文本特徵，還充分引用文本中的實例，具體說明文本特徵如何被應用以達到宣傳的目的。分析過程中，從最重要的文本特徵入手，層層剖析，直至達到文章的結論，即該文本有效地宣傳了"春蕾計劃"。但同時，考生在最後一部分也指出，此宣傳海報仍存在一定的局限性，它成功宣傳了"春蕾計劃"這一公益活動的目的，但對於如何加入此公益活動卻無更多說明，導致宣傳的另一個重要目的——為計劃捐款無法有效達成。

三、本章小結

　　宣傳海報離不開圖片，圖片的使用涉及排版、顏色、標語、字體等等，這是此類文本在分析時不可忽略的因素，同時也是此類文本命題的一個重要方向。

　　海報文本是集功能性與藝術性為一體的文本類型，我們在分析時要同時考慮兩者。功能性即海報的宣傳作用，藝術性多指海報設計方面的特點。一張滿是圖文、色彩絢麗的海報不一定是一張有效的海報；很多時候，留白與設計感強的海報，更能吸引受眾，起到良好的宣傳效果。

　　系列海報則要注意海報設計的統一性與整體性。系列海報常常從多角度出發，力求涵蓋海報主題的方方面面，或者更大範圍內的受眾。因此，在分析系列海報時，要找出每張海報的特點，以及它們之間的區分點。

學習者檔案

學習者檔案

03 宣傳廣告

一、文體簡介

　　廣告有廣義和狹義之分，狹義的廣告是市場營銷的行為，具有經濟目的，通過媒體向受眾推銷產品和服務，以促成購買行為。廣義的廣告即"廣而告之"，凡是為了促進交流、達成溝通的廣告傳播活動，無論是否具有盈利目的，只要具備廣告的特徵，都可稱為廣告。例如常見的公益廣告，以及西方民主國家的政治選舉廣告等。每則廣告均由信息和傳播信息的媒介構成。同時，廣告只是全部營銷環節的一環，此外還包括宣傳、公關、推銷等。

　　廣告因其使用的媒體不同而形式各異，常見的廣告類型有戶外的平面廣告，多以圖片和少量文字為主。廣播和電視上的廣告需要準備腳本，而如今流行於社交媒體端的廣告除了以視頻方式出現外，多以軟文的形式被閱讀甚至轉發。這樣的廣告形式因其涉及情感、文化等多種元素而富有閱讀吸引力，但同時也因頻繁推送而被網民所詬病。

二、例題

（一）軟文

香港卓越餅家：中秋新品讓您的思念更加香甜

香港卓越餅家

今秋月餅，全手工打造，出身不凡

曾榮獲 2018 年全國月餅製作大賽金獎

金獎

"良夜清秋半，空庭皓月圓"，轉眼間，一年一度的中秋佳節又快到了。人們在團圓之夜賞月的同時總要配以月餅食用，這也讓月餅成為中國眾多糕餅中最為重要的一種類型。關於月餅的味道，每個人都有心儀的一款，而它們都包含著思念的滋味。

時至今日，月餅已不再只是一種美味的食物，還成為了一種文化符號和情感寄託之物。香港卓越餅家——香港島內最早的製餅世家之

一，希望把所有的情感都融入這一件小小的糕餅中，讓每一件糕餅都蘊含滿滿心意，讓品嚐者能夠感受到香港卓越餅家的誠意。

"雲消塵斂半秋天，星斗分明月正圓"，抬頭仰望明月，是人們每到中秋佳節寄託相思的方式。時至今日仍然如此。今年中秋，香港卓越餅家特別為您送上月兔包裝版鹹蛋黃月餅！可愛的月兔提著燈籠仰望頭頂上的明月，充分體現了中秋寄相思於明月的傳統方式，同時也將節日喜慶的一面表現了出來。

中秋之夜，你是否同我一樣，正舉目仰望那輪明月呢？那個寄託了相思的圓月，正如香港卓越餅家的月餅。與此同時，有著可愛月兔包裝的鹹蛋黃月餅，味道也非常出眾！精挑細選的鹹蛋黃，入口綿軟香滑，口舌生津，配上軟糯的餅皮，珠聯璧合，呈現出一番嚐後念念不忘的美味感覺。

另外，香港卓越餅家今年還隆重推出精品月餅，這就是榮獲了2018年全國月餅大賽殊榮的大名鼎鼎的榴蓮月餅！此款月餅由香港卓越餅家工作多年的製餅老師傅在東南亞親選原材料，用心烘焙而成。此次得獎是對香港卓越餅家的製餅技藝之肯定，廣受新老顧客們的好評。現在，只需要購買金秋月餅大禮盒，這大名鼎鼎的榴蓮月餅就是你的了！

另外，另外，另外，即日起至中秋節當日，凡購買香港卓越餅家中任意一款月餅或糕餅的顧客，憑購買小票就可以參加抽獎，並有機會贏得價值超過港幣31256元的銳意郵輪天馬號45晚雙人北半球郵輪假期禮券。

　　傳統又時尚的香港卓越餅家，讓中秋月餅成為您的絕佳伴手禮。帶著這富有品位的中秋禮盒，帶著一份濃濃的牽掛，這個中秋，用最有心意的方式，將您的思念之情充分地表達出來吧。到店消費，還有額外的驚喜和折扣等著您！

香港卓越餅家

文章改寫自《澳門英記：讓中秋思念的感覺更潮一些》
https://fashion.ifeng.com/a/20150820/40124623_0.shtml

引導題

分析作者如何結合傳統文化和現代商業語境，從而達到宣傳產品的目的。

✎ 評論示範

　　作為文化大國，中國自古以來都崇尚文化的傳承和發展，即便是來到當今的科技時代，中國人對於傳統文化的繼承和追求也體現在生活的方方面面。例如，每逢中秋節，人人都會吃月餅和賞月，這是從古至今的傳統。然而，在商業文化的影響下，如今的中秋節也抓住了商家創造營業額、舉辦大型促銷活動的機會。在這篇香港卓越餅家的廣告中，商家以"中秋新品讓您的思念更加香甜"這樣的傳統概念為主題，宣傳他們的月餅禮盒，從而達成商業目的。作為一個有宣傳目的的植入性軟文，該文本相較於傳統意義上的廣告有著鮮明的特點。與圖片廣告不同的是，本文通過抒情手法，呼應受眾對於中秋傳統文化的情懷，從而激發讀者的購買慾。同時，作者通過結合傳統文化和現代商業語境，如附加利益、品牌效應等常規廣告手法來達到其宣傳目的。

　　首先，作者通過廣告標語和加入附加利益來吸引受眾，從而將商品特色、傳統文化和現代商業語境結合在一起。廣告主題為"讓您的思念更加香甜"，這立刻使讀者將月餅的口味與在節日氣氛產生的回憶及"思念"聯繫在一起。這種將商品與傳統文化結合的方式，能夠呼應讀者關於中秋

開篇：考生從傳統文化入手結合文本的商業屬性，通過識別文本類型、目的等，提出分析重點，即如何結合文化和現代商業語境，從而達到宣傳的目的。

要點一：考生從軟文的標題入手，並結合文末的附加利益，形成第一個論點。

要點二：考生從文本的結構入手，引出標語和靠近結尾處的附加利益，從而很好地回應了傳統文化語境與商業語境如何融合並達成宣傳的效果。

考生識別出了文本中的詩詞引用和圖文結合的特點，聯繫到文化語境與商業語境，呈現出了具有中華特色的商品宣傳手段。

要點三：考生能夠關注到詩詞的文化語境，為什麼軟文引用詩詞就能夠在中華文化的商業環境中吸引受眾？這其中包含著廣告的情感性特徵。

團圓的情懷。同時，文章中使用"今年中秋"，顯示出文本的時效性。另外，限定包裝可愛、富有童趣和現代感的禮盒外觀，更激發了受眾的消費慾，突出文本的商業語境，符合廣告的商品宣傳本質。再來，作者用了顏色鮮豔、明亮度高的圖片，使商品特色更加具像化，便於讀者直觀地認識商品。而在附加利益部分，作者運用口語化的語言拉近了與讀者的距離，如"另外，另外，另外……"，輕鬆的語調為文本增加了可讀性，並藉此引出下文介紹的額外利益。"31256 元的銳意郵輪"的獎項表述具體且令人心動，以此吸引讀者購買月餅並獲得抽獎機會。這兩點讓我們看到文本試圖通過使用符合現代商業語境中的"性價比"和促銷節點等手段，有效地宣傳自家月餅的價值，而附加利益則通過增加消費的合理性來打動讀者，使商品有更大的誘惑力。

其次，作者通過引用詩詞、添加圖片、使用信息量豐富的語言塑造品牌形象，打造品牌效應，同時結合傳統文化和商業語境來達到宣傳目的。作者通過引用"良夜清秋半，空庭皓月圓"，使圓月高掛的優美意象得到了體現，而"雲消塵斂半秋天，星斗分明月正圓"則將圓月與月餅相關聯，同時，"抬頭仰望明月，是人們每到中秋佳節寄託相思的方式"的表述呼應文章中多次提及的"情感寄託"與"濃濃的牽掛"，非常自然地引入傳統文化來襯托軟文的抒情氛圍，進而有助於整體宣傳效果的呈現。作者使用的圖片和圖片中描述性的語言著重於體現香港卓越餅家品牌自身傳統、誠信和品質，為顧客提供了真實的信息，如圖中的宣傳標語"今秋月餅，全手工打造，出身不凡"，"手工打造"強調了月餅製作方法的傳統特徵和質量保證，"出身不凡"與背景中呈現的"2018 年全國月餅製作大賽金獎"結合，使讀者對商品的品質有較高的認可度。這十分有效地塑造了香港卓越餅家的品牌形象，從而製造了一種品牌效應。這種常見的現代廣告手法也體現了現代商業語境的特色，能夠有效地傳遞信息並達到宣傳目的。

最後，作者以軟文的文體方式使廣告呈現出故事性，在詞語和句式的選擇上著重於使讀者產生共鳴，通過結合傳統文化語境和現代商業語境，

有效地達成宣傳目的。如開頭以"團圓之夜"作為切入點，使讀者自然聯想到月餅這一傳統食品。另外，作者把月餅稱為"中國眾多糕餅中最為重要的一種類型"，強調了中秋佳節的重要性，並藉助人們對中秋傳統習俗知識的了解，在富有中華特色的傳統文化語境中突出了月餅在中秋不可或缺且具有代表性的地位。作者還把月餅描述為"文化符號和情感寄託之物"，更是加深讀者對於月餅包含的文化價值的理解，引發讀者共鳴。由於中秋是中華民族代代相傳的傳統節日，因此"情感寄託"和"情懷"便成為了文章的內核。作者甚至將此與月餅的製作過程相結合，從"把所有的情感都融入一件小小的糕餅中""每一件糕餅都蘊含滿滿心意"和"香港卓越餅家的誠意"這些句子中可見一斑。這也結合了現代商業語境，使受眾感受到品牌的用心和誠意，增加購買意願。另外，文中也提及"製餅老師傅⋯⋯親選原材料""技藝之肯定"和"廣受新老顧客們的好評"，以此再次展現了品牌的可信度和商家對商品品質的保證。這充分傳達了商品信息所具有的真實性和可靠性，從而獲得讀者的信賴，以激發其購物慾望。由此，作者有效地結合了傳統文化和商業語境來吸引受眾，從而達成宣傳目的。

　　綜上所述，作者通過廣告標語、附加利益、品牌效應等現代商業技巧來引起讀者對於傳統文化的回憶與共鳴，從而達成宣傳目的。文本可改善的地方在於如何更好地區分購買受眾群體，從而更好地達成宣傳目的。文化語境固然可成為宣傳要點，但是它可能在年輕人中無法具有效力，而商業語境的處理方式卻又貼近年輕顧客群體。因此，如果能夠更好地作出區分，就會更有目的性，宣傳效果會更好。

要點四：考生將筆墨集中在對重點詞語和句式的分析中，進而闡述文本的語言特點。語言的使用反映了文化和商業語境，同時也是直接達成宣傳效力的工具。

總結與引申：考生點明了這篇軟文的有效性，並指出作者的欠缺之處。

✏️ 綜合點評

　　這篇針對廣告軟文的分析，能夠緊扣引導題目中的關鍵詞"傳統文化語境"和"現代商業語境"，先從文章結構中顯而易見的標題和附加利益活動著手，再從詩歌、圖片以及相關語言信息的使用出發，最後集中筆墨對其他語言特點進行深入，較好回應了題目的要求，並且能夠針對本廣告中可改善的部分進行客觀點評，有一定的組織性。

　　關於傳統文化語境和現代商業語境這兩個概念的理解，考生相對清晰明確，能夠針對這兩個概念的外延從文本中找到相應的證據，可謂是觀察細緻，思考也富有成效。傳統文化語境結合的是文本中的詩詞引用以及思念主題的設定，考生不僅能夠找出這些特徵，還能有效地使用廣告分析的術語進行展開，揭示了它們在宣傳中情感方面的吸引力。而現代商業語境下的廣告策略顯然更加現實，例如圖片的引入、描述性的文字、附加利益活動等，能夠看出現代商業語境下商家的考量及其對宣傳的幫助。當然，難能可貴的是，考生不只看到廣告中好的部分，還能夠批判性地看到文章的不足之處。傳統和商業的結合需要著重關注目標群體，如果單純地將其結合卻沒有鮮明的目標群體，則會失去一定的效用，造成信息傳達方面的失效。總而言之，考生能夠細緻全面地對所選文本進行分析已經符合考評的需求，質量不錯。

（二）圖文廣告

由於版權問題，查看全文請掃碼二維碼，
進入網絡資源。

引導題

評論作者如何使用不同的語言技巧吸引受眾。

✏️ 評論示範

一直以來，廚房都在提供家庭飲食方面扮演著重要的角色，同時，它也成為了家庭中女性的"第二工作室"。如今，隨著市場的不斷開放、商品的不斷發展，廚房的功能也在過去單一烹煮的基礎上，逐漸加入了維繫家庭凝聚力的元素。越來越多的家庭將廚房視為家庭成員溝通和交流情感的理想場所。另外，上班族女性也將下廚作為轉換角色的契機，而越來越多的男性也通過學習下廚，來體現其家庭責任感。在這一市場背景下，廚房成為了廚電商家爭奪的戰場。本篇圖文廣告便來自廚房家電製造商之一的方太公司，旨在向消費者宣傳自家廚房電器，目標受眾為關注方太及類似廚電產品的消費者。本文將著重探究作者如何使用不同的語言技巧來吸引消費者，並達到宣傳產品的效果。

首先，圖文廣告其中的一個語言技巧就是合理使用視覺語言，傳達宣傳理念和目的。該廣告所使用的視覺語言在結構上進行了精心編排，使文本更具有吸引力。從整體看，主體圖片佔據整個版面的四分之三，而主人公又佔據整個版面的主體位置，抓住了讀者的眼球。廚具位於背景部分，與人物形成了一定的對比，讓讀者感受家庭氛圍的同時，也關注到營造這一場景的主角——廚具。另外，作者選用了一張在廚房裏做菜的夫婦合照作為整篇廣告的主體，與常規的烘托氣氛的圖片不同，作者沒有通過虛

開篇：考生從廚房的功能展開，加入廚電的宣傳目的，即如何在廚房中增加情感理念。

要點一：考生先從圖文廣告特別的版面安排出發，這是一種可視化的語言技巧。這種技巧使敘述邏輯清晰、主次分明，同時具有象徵目的，重點突出產品理念中的"因愛偉大"，表現產品的浪漫情懷。

化背景來突出主角，而是將廚房中的方太電器清晰呈現，如平底鍋和抽油煙機，以具體產品的展現吸引讀者，從而緊扣廣告宣傳的主旨。不僅如此，圖片右下方出現的"手"暗示了場景之外的人物視角，在加強日常生活感與溫馨感的同時，也讓手拿傳單的讀者有了代入感。與此同時，在廣告右側，作者選用了便籤形式，呈現市場調查的隨機結果，內容包括基本信息、留言和拿手菜，這種呈現方式進一步加深了日常感。而右下角作者所設置的"方太"標識和二維碼，儘管在整體構圖上所佔面積較少，但足以引起讀者的注意，在達到宣傳目的的同時，並不影響文本的故事性以及讀者的觀感。視覺語言的使用就是將圖片中的各類人物和事物安放在不同的位置上，在敘事上產生一定的順序和邏輯，讓讀者在閱讀之後對廣告所營造的家庭氛圍充滿嚮往和期待。

另一方面，圖文廣告的語言技巧離不開圖文內容的配合，這也對吸引受眾起到重要的作用。在左側的圖片中，作者採用暖色調，烘托出一種幸福感與溫馨感，而畫面中，夫婦二人愉快交流的日常生活剪影、輕鬆自然的面部神態和肢體動作，與畫面整體的暖色調相呼應，呈現出真實的家庭氛圍，使有著相似體驗的讀者產生共鳴。圖片中，妻子手捧的菜餚冒出熱氣，與文案中的"熱氣騰騰"相呼應，提升了照片的真實感與自然感。選擇廚房作為圖片背景，也能更好地突出方太公司的產品定位。另外，在照片的上方，作者使用標語——"生活就是小事上偶有不合，大事上不謀而合"來配合圖片所營造的家庭氛圍，產品所傳達的理念在具像化的圖文配合中逐漸呈現出來，方太廚具作為生活的"黏合劑"，加強了家庭的凝聚力。由此可見，圖文內容的配合成為圖文廣告經常使用的語言技巧，具有一定的宣傳效果。

最後，這則廣告使用了平實而溫馨的語言，讓讀者感同身受，對產品所傳達出的"愛"的理念有所感悟，達到宣傳的目的。圖片上方標語式的廣告詞"生活就是小事上偶有不合，大事上不謀而合"充滿智慧，使讀者產生"很有道理"的感覺。儘管平日裏的小吵小鬧是很多夫妻的常態，但在面臨重要事件時的想法一致又能讓夫妻站在一起。因此，廣告詞的使用

要點二：圖片和內容的配合也是一種技巧。那麼，應如何建立聯繫，表達怎樣的含義，產生怎樣的效果呢？考生對此一一作了說明。

要點三：考生從語言特點入手，分析廣告中具有創意的文字信息，並闡述平實而溫馨的廣告語言能夠使讀者產生感同身受的心理。

具有親和力，能夠將產品與家庭的日常生活聯繫起來，更好地打動消費者，尤其引起夫妻的共鳴。便籤中利用類似真人筆記的字體，再次加強了文本的生活感，通過"小吵小鬧的樣子，才是過日子不是嗎？"表達生活化的夫妻相處方式，將品牌形象與生活模式相聯繫，營造品牌的文化內涵，將方太的產品與溫馨的家庭氣氛相結合，賦予廚具情感色彩，以此打動消費者。另外，最下方提到的拿手菜，則呼應了廚房廚具的宣傳主題。圖片左上角的小字"致熱氣騰騰的一代"中，"熱氣騰騰"既能夠指代生活的溫暖和家庭的幸福，也能代表在使用廚具電器做飯時裊裊升騰的蒸汽，一語雙關，很好地將生活和品牌定位相關聯。右面便籤的下方也配有"升騰你的生活，煥新你的廚房"的文字，與左上角小字呼應，提醒讀者來購買方太廚具以"煥新"廚房，潛移默化中引起了讀者的購買慾望。總之，平實而溫馨的文字讓這則廣告無不表現產品的家庭定位，同時傳達了產品與消費者的親密距離，達到了一定的宣傳效果。

　　總的來說，在現代社會，家庭是很多廚具公司宣傳廣告裏的中心內容，作者通過對廣告結構的創意性編排、圖文的配合，以及生活化的語言文字來提升文本的故事性。將電器與家庭的溫馨與溫暖掛鈎，在營造品牌文化內涵的同時，與讀者建立情感上的共鳴，從而吸引受眾，引起讀者的消費興趣，達到了較為成功的宣傳效果。同時，我們也應該看到，對於不了解方太這一品牌的消費者而言，公司的理念"因愛偉大"應該佔據更加凸顯的位置，從而更具辨識度。而廣告內容可以加強與此理念的契合度，特別增強廚電在圖片中的辨識度和清晰度，從而呈現更好的效果。

總結與引申：考生總結了廣告在傳達理念的方式上使用了較為有效的語言手段，同時也不忘提出改進意見，使其達到更好的效果。

✏️ 綜合點評

　　這篇評論較好地將圖文廣告所使用的語言技巧有條理地展示出來，分別從版面安排、圖文配合以及文字信息幾個角度進行分析，能夠將產品所要表達的"因愛偉大"的主題與產品的功能結合起來，突出圖片中的敘事重點——家庭溫暖是如何跟產品的宣傳重點結合起來的，細緻地提供了例子，並詳細展開，內容組織嚴密，語言分析到位，對圖文廣告的相關概

念清晰明了。

　　當然，我們也不要忘記，無論是圖文廣告，還是雜誌封面等，都會有專業的描述語言。這篇文章中用到了色調、版面編排、標語等，當然也可以試著談談圖像中的象徵作用，比如圖片主人公的動作和神態象徵，這能夠成為一種隱喻，契合產品的理念，而這種語言技巧的使用是針對特定文體而產生的，也是產品宣傳中必不可少的方法。廣告直接宣傳產品並不困難，難的是如何使品牌的理念深入人心，使受眾一提到方太品牌就能夠想到"因愛偉大"的理念，就像我們一看到耐克，就能夠想到"just do it"這個標語，這就是一個深入人心的產品理念。

 ## 三、本章小結

　　無論是圖文廣告還是軟文，都同屬於廣告這一文體，這一文體會較多地使用廣告的通用技巧。不同的是，軟文更強調文字語言背後的語境信息，而圖文廣告則更常用隱喻，通過圖文配合來傳達商品信息或者品牌理念。

　　無論分析哪一種類型的廣告文體，都不要忘記廣告的根本目的是宣傳產品，廣告創作者在使用文字和圖片時，都應把產品的信息或者品牌的價值放在首位，針對不同的客戶群體，不同的廣告商會採用不同的媒體平台和語言技巧，並通過不同的信息傳達策略來安排語言結構和版面結構等，讓讀者能夠獲得有效的信息，從而產生閱讀的興趣。不論是在商業語境還是文化語境中，廣告的定位都要針對目標群體，而品牌理念的傳達也要使用更為合理的語言技巧，這也能夠讓文本分析更具批判精神。

學習者檔案

04 雜誌文章

一、文體簡介

　　顧名思義，此文本為發表刊登在雜誌上的文章。這類文本的內容主題與所刊登的雜誌性質一致，具有針對性強、知識性強的特點。文本的受眾較為固定，基本是訂閱該雜誌的讀者或潛在讀者；文本的體裁雖然也受到雜誌性質的限制，但卻呈現出多樣性，記敘、議論、說明和抒情的表達方式皆可出現在雜誌文章裏。

　　雜誌文章的時效性比較弱，但一般與一些具有普世意義的課題相關，在內容上比較有深度，專業性強。另外，雜誌文章的排版和插圖的應用，也是可以分析的文本特點。

二、例題

《第一財經週刊》2016 年 9 月 5 日　　　　　　　　　　　　　　　　話題

買了幾件貴東西，

你就⋯⋯秒變中產啦？

　　"下單一時爽，還款火葬場"說的就是這種人啊！大部分時候，貴的確有貴的道理。但我們更願意相信的是，貴本身就是道理。

最近有一個關於夢的名詞，叫"中產夢"。我們的兄弟媒體"DT 財經"有篇文章分析過這件事，認為一個來自英國的昂貴的家電品牌——戴森成為做這個夢的關鍵因素。那篇文章大意是，用上那些售價全都上了四位數、款款都有"黑科技"、設計水平則向蘋果看齊的家電產品，能給你帶來已經過上了中產階級生活的感覺。畢竟這種高大上的產品，也被看作中產標配。以此類推，你可以把戴森換作汽車裏的沃爾沃、廚具中的雙立人、酒店裏的安縵、護膚品裏的 CPB。中產夢的實現並非圓夢者的身份發生了變化，而是用的東西變得高級了，也就是俗話說的"消費升級"。

平心而論，和貝克漢姆家用同款吸塵器，和硅谷精英開一樣的電動車，確實會帶來一時的快感，而且獲得這種愉悅的方式也不難。但也有另一種情況——你身體的一部分用著戴森、Le Creuset 和 La Mer；另一部分卻還是每天坐地鐵上班，在公司被老闆安排工作，春節之前為買不到回家的火車票而著急，在每一個購物節為等待秒殺而做充分的準備。

說到底，那些讓我們以為自己過上了中產階級生活的產品更像是一個個 VR 頭盔，戴上它們自然令人興奮。但 VR 畢竟不能 24 小時戴著，摘下頭盔後所看到的生活也難免過於不同步。各位年輕的朋友原本是為了能讓自己更享受生活而不斷升級產品，但升級的產品到手後，生活究竟是否變得優質則另當別論。

● 買了中產標配的也可能是這樣的一群人

人生太累，何不犒勞犒勞自己

18天沒有卸妝、月拋戴了兩年半、把 PPT 當維他命不用吃飯、不斷加班。在受盡了太多工作上的摧殘後，也許還外加"這個項目終於完成了完成了完成了"，或者"我和房產中介鬥智鬥勇鬥贏了"之後，買一個尊貴感滿滿的東西來犒勞自己還是說得通的。畢竟只要感受一下它們的質感，或者都不用使用，只是坐在它旁邊靜靜端詳一下，心裏也會自言自語道："值得的，所有的辛苦都是值得的"。

買回家就好，用不用已然不重要

和過去人們想要通過買書來體現自己生活質量的提高一樣，動不動就上四位數的榨汁機、鍋具、烤箱和廚師機也有成為中產階級新標配的潛質。這些廚房電器和書一樣，是享受生活的象徵，甚至只要擺在家裏就好，自己看看就開心，朋友來家裏做客時談論起來也開心。

● 那些正在升級的品牌都抓住了你的什麼心理

健康，健康，健康

還有什麼比健康更重要的嗎？為了多吸收一點營養，你可以買8000元的破壁料理機，可以堅持每天做一點。你會吃雖然味道有點難聞，但習慣了就能品出不同風味的藍紋奶酪。對，你也會吃講究營養均衡、少油少鹽的沙拉，聽說有家新開的有機餐廳在網上挺火的，還想和朋友去試一下。

術語越讓人搞不懂越好

一些高技術含量的產品在新推出來時，總會用上一些專業術語。"每分鐘振動8000下""納米因子""十核""富含ABCDE元素"……但並不是所有消費者都是工科生，這些詞被拿出來，好像就是為了顯示其所代表的產品在技術上更勝一籌。那不如讓術語出現得更高頻、更高深好了，那樣更方便專家出來背書哦。

沒有術語也要有底蘊

一些產品倒是和技術沾不上邊，那麼就從文科生的思路著手吧。它有什麼樣的產品故事，代表著什麼樣的精神和價值觀，有多少名人對它喜愛有加，它由多少工匠用最原始的方法、加多少道工序才完成……只要品牌方願意，每一個帶你升級的產品，背景資料都能寫成一本書。

顏值即正義

高大上的東西，通常都會配上美麗的外表。比如說Beats吧，聽說在一些數碼產品店裏，只有賣Beats的地方配上了鏡子，供人一看戴上耳機後的整體效果，其他品牌的耳機都沒有這個待遇呢。

文章節選自《買了幾件貴東西，你就……秒變中產階級啦？》，載《第一財經週刊》2016年9月5日，總第419期，話題欄目。（《第一財經週刊》授權）
https://www.sohu.com/a/113974467_465303

作者如何通過語言風格和行文形式使其思想表達更具吸引力？

在一篇雜誌文章中，作者通常會以其獨特的語言風格與行文方式來吸引更多讀者。簡單地說，語言風格是人們運用語言表達手段的特點，由於文本出處和目的不同，作者在語言用詞的選擇、詞語的組合、語氣語調等方面也會有所不同；而行文方式則包括排版和文本結構等。通過巧妙地將語言風格和行文形式相結合，文章能夠呈現出鮮明的特色，增強對目標讀者的吸引力。

本文《買了幾件貴東西，你就……秒變中產啦？》是針對普通人盲目追求"中產階級"高價產品的現象所撰寫的一篇雜誌文章，於2016年發佈於《第一財經週刊》。一般來說，各類雜誌都有其固定的訂閱讀者，而此文本所刊登的財經類雜誌，讀者以財經行業和業餘經濟愛好者為主體，文章的目標受眾正是該雜誌的讀者群。此篇選文作為一篇雜誌文章，有較強的傾向性與專業性。《第一財經週刊》這樣較專業的雜誌，又進一步增強了這篇文章的權威性和可信度，擴大了受眾範圍，讓更多的讀者都能了解這一現象並對其進行討論。

首先，作者通過文章的整體結構和排版佈局，試圖讓文章更有可讀性，更具吸引力。標題"買了幾件貴東西，你就……秒變中產啦？"以反問的句式讓讀者反思他們的購買習慣及其背後的動機，引起讀者的好奇心與自我反省，再通過導語中的"但我們更願意相信的是，貴本身就是道理"，略帶調侃地引出許多人都有的一種錯誤的思維方式，使文章更具吸引力。不但如此，作者利用圖文，分割文字段落，排版清晰，使讀者有效提取文本信息。另外，圖片中的奢侈類物品為卡通圖片，而非照片，既呼應了文中年輕人所追求的物品，又暗示了此類物品的可有可無與虛無縹緲，在排版格式上也增加了間隔，消解了閱讀大段文字的疲勞感。同時，卡通圖片使原本讀起來嚴肅的話題有了童趣的意味，使讀者的閱讀更為輕鬆。

此外，這篇文章結構緊湊，邏輯清晰。作者利用小標題，使用了平行結構來論證其觀點。平行結構是指作者在論證某個觀點或論題時，將其分

開篇：考生從引導題出發，首先分析語言風格與行文方式。

考生指出雜誌文章的特點與雜誌本身的讀者群相關，帶出了寫作意圖。

要點一：考生分析標題，反問的修辭能夠引起閱讀興趣，副標題直接指出人們購買行為背後的真正動機。

考生進而分析了文中圖片的作用。

要點二：考生分析文本的結構特點，指出文中小標題的作用。

解成具有一定聯繫的幾個方面加以論述。作者將討論的問題分為兩個小問題，即中產消費群的特點與消費升級的心理，循序漸進地剖析現象背後的實質問題。作者選擇先提出問題：什麼是"中產夢"，隨後分析"中產夢的實現並非圓夢者的身份發生了變化，而是用的東西變得高級了，也就是俗話說的'消費升級'"，這樣的行文結構，易於讀者理解作者的論證思路。作者一針見血地指出負面消費心理背後的真實原因，看似調侃的文風背後，體現著作者嚴密的思維邏輯，使讀者在忍俊不禁的同時，達成觀點的共識。

其次，在這篇節選中，作者頻繁地使用舉例論證的手法。比如，作者使用了一個關於戴森的例子來引入整篇文章，尖銳地指出"用上那些……四位數……'黑科技'……向蘋果看齊的家電產品"，就會讓你有一種"過上了中產階級生活"的錯覺。另外，作者用例子來表明這些產品的特性，"更像是一個個 VR 頭盔"，同時羅列出人們生活中所追逐的高檔商品"汽車裏的沃爾沃""廚具中的雙立人""酒店裏的安縵""護膚品裏的 CPB"，讓讀者真切感受到這樣的消費升級就發生在我們自身或周圍人身上。通過舉例說明，將抽象的"消費升級"具象化，使說明的內容通俗易懂，令人信服，更加具體有力地說明了事物的特徵，讓讀者更好地理解文章的觀點。

最後，作者的語言風格在傳達其思想方面也發揮了不可小覷的作用。作為一篇受眾為廣大讀者喜愛的雜誌文章，作者以報道財經新聞為己任，用普通讀者聽得懂的語言詮釋較為專業的財經術語，而不是用晦澀難懂的專業術語來讓內容顯得高深莫測。文章中使用了大量口語化詞彙，比如"動不動""搞不懂"等，甚至一些更加日常化的語氣助詞"哦""吧""呢"等，這些用詞與表達方式不但簡單易懂，更在不經意間拉近了文本與讀者之間的距離。文章還照顧了預設讀者群——被消費主義誤導了消費觀的年輕一代，利用大量網絡用語和表達方式，如"下單一時爽，還款火葬場""健康、健康、健康"，讓年輕讀者更有親切感，也更容易接受作者的觀點。

要點三：考生分析文中大量出現的舉例手法。

要點四：考生分析口語化、網絡化的語言風格。

行文中不同人稱的運用也十分重要。作者用第二人稱"你"來撰寫，使文章更為真實、更能打動讀者，使讀者在閱讀時產生一種代入感，將文中提到的問題聯繫到自身，並自覺地進行反思。第二人稱在言語活動中，指稱與說話人相對的聽話人，例如在"你身體的一部分用著戴森、Le Creuset……為等待秒殺而做充分的準備"中，"你"的使用讓讀者讀起來更加親切、隨和，再加上這些具有強烈代入感的日常生活的例子，更容易拉近作者與讀者的距離、調動讀者的情感，使其迅速進入角色；其次，這樣的表達手法使文章更具真實感，更為生動形象，使讀者能更具體地體會作者的心情與其表達的觀點，使文章在閱讀時更具有吸引力。

藉助上述手法，選篇相對有效地將作者的立場和觀點呈現給讀者，並具有一定的引導性。但作者為了論證自己的觀點，所舉例子較為極端，容易使讀者誤以為凡是購買這些高價消費品的人群都是為了實現自己的"中產夢"，都是被消費升級抓住了消費心理，從而無法理性消費的人。從另一個角度上看，作者在有意無意間貶低了這些產品的價值，讓讀者認為這些產品都是徒有其表的裝飾性物品。這樣的以偏概全，使這篇雜誌文章的嚴謹性大打折扣。

✏ 綜合點評

這篇文本分析從雜誌文章的標題和副標題入手，分析了文本如何利用結構和排版、舉例手法、語言風格及第二人稱的應用這幾方面，來論證、表達作者的觀點，說服讀者。考生對雜誌文章的問題特徵等概念性知識了解清晰，分析語言有條有理。

考生對文本所表達的思想內容有深刻的認識，能夠清晰地分析出作者的表達目的與行文的邏輯思路。寫作時，考生充分利用原文中的語言作為例證，論證結構清楚而有條理。考生對於雜誌文章的文本特點非常清楚，能根據其文本特點，聯繫提示題進行有的放矢的討論。文末，考生能夠站在更高的角度，對文本內容有失偏頗之處進行了討論。

三、本章小結

　　雜誌文章多為論說文，引導題較多涉及文章的語言技巧和所應用的表達手法。雜誌文章和一般議論文的不同之處在於，它有固定的目標受眾，且文章主題、題材與所刊登的雜誌性質密切相關。在形式上，雜誌文章多有小標題，同時配有插圖。

　　分析雜誌文章，要注意文本整體上的結構安排，注意語言的風格，主要是作者在專業性與通俗性之間的拿捏。在平衡性上，要檢視文本在選擇事例、討論角度和設立分論點方面的客觀性，以及作者身份對文本觀點表達的影響。

學習者檔案

05 個人博客

一、文體簡介

　　博客，又名網絡日誌，也有人將其音譯成"部落格"，它的出現伴隨著互聯網的發展。它讓人們有機會用軟件編輯文章，並在網絡上發表、出版和張貼，成為可定期管理和更新的個人網站。博客上的文章通常以網絡格式出現，並且按照時間先後倒序排列。它除了為人們提供敘述自己生活和經驗的網絡空間之外，也增加了人們相互溝通的機會。通過留言和回覆等功能，博主能夠與讀者保持溝通，並不斷提升網站的內容和技巧，讀者也可以通過博主的分享來學習新的知識。博客也逐漸成為一種新的學習方式。

二、例題

Taiwan 2.0
展望一個更美好的台灣　　　　　首頁　所有文章列表　演講與課程　關於 Taiwan2.0　關於蔡志浩

2020-11-27 by Chih-Hao Tsai

重建鄰里關係，強化社會支持

　　單親媽媽殺死親生孩子，自殺未遂。大眾關注的焦點都在死刑的判決。但如果要避免悲劇不斷重演，就要回到系統，重建鄰里間的支持系統。

Chi-Hao Tsai（蔡志浩）供圖

在現代都市的居住環境，不論公寓或有專人管理的大樓，鄰居之間都很難踫到面。居住的時間再長，往往也並不真的認識。這減少了很多互助的機會，也讓照顧者（不管照顧老人或小孩）無法喘息。

但以前的鄰里關係不是這樣的。我想起小時候在台南，就住在一個小村子。上學有時是鄰居長輩接送，家裏沒大人時也會往鄰居家跑。一群孩子在一起玩，最年長的會帶著大家。

這些社會支持的力量在這個時代其實還在，甚至更加豐沛。隨著社會高齡化，已退休但身心健康、仍相當活躍的長輩愈來愈多。每個人的社區裏都有。

而因為工作形態的異質性越來越高，即使是社區裏的青壯年，他們的工作以及空間和時間的分佈也不會完全一樣，所以彼此間其實也有很多資源共享與互助的機會。

現在欠缺的只是一個機制，把人重新連結，把關係重建。當然，不是每個人都有能力或意願幫助他人。但關係網絡建立起來，人們互相認識、建立互信之後，大家也更容易找到互相幫助的方式。

不只是小孩需要被照顧，老人也是。這幾年我看過太多從技術層面預測老人跌倒的設計方案，但沒有一個有用。我走訪過很多老社區（社區老，居民也老），最重要也最有價值的還是鄰居互相照應，健康狀況好一點的多留心那些健康狀態沒那麼好的老人。

以往在村落，大家都彼此認識。現在在集合住宅裏，很多時候鄰居的互動都基於負面事件，例如裝潢施工、漏水損鄰等。從零開始已經很難，從負面的認識開始則更為困難。但只要有心、有機會接觸，就會有進步。

我自己住在老舊的集合住宅，曾漏水漏到樓下，樓上也漏下來過（兩次！）。但協調解決的過程中也能夠和鄰居變得熟悉。而我擔任社區管理委員，每月開一次會，常見面的至少也更熟悉一點。

七年前，智榮基金會龍吟華人市場研發論壇中心（龍吟研論）剛成立，我也參與協助了第一年的研究。施振榮先生在隔年年初報告了我們發現的九大趨勢，其中一項就是重建鄰里關係。

文章源自《重建鄰里關係，強化社會支持》（蔡志浩授權）
https://taiwan.chtsai.org/2020/11/27/chongjian_linli_guanxi/

引導題

作者如何通過一系列的手法，表達對社會問題的深切關注？

✎ 評論示範

開篇：考生從現實語境出發，討論博客文體對這類現實問題展開的有效性，引出下文要討論的重點。

在快節奏的現代生活環境中，人與人之間相互關注的缺失成為了鄰里關係漸漸衰弱的一大原因。社會和民生問題是一些相關領域的專業人士會通過博客發聲的議題，文本《重建鄰里關係，強化社會支持》就是這樣一篇個人博客。在該篇文章中，作者通過對近期社會事件的討論引出以往與當今社區鄰里關係的不同，並由此點明重建鄰里關係對於社會的重要性。

該文本秉承了傳統博客的語言特點，內容簡明直接，且通過個人化的例子直接與主題相關聯。

　　首先，為了使讀者有繼續閱讀的興趣，文章整體構建的語言邏輯容易理解，同時加入了鮮明的圖片，讓讀者有效地了解作者關於社區和諧的理解。作者基本遵循了"通過事件引出論點，再加以舉例來強化論點"的思路：大標題直接點明該篇文章的主題，即呼籲"重建鄰里關係，強化社會支持"，並在文章的開端，通過單親媽媽殺死親生女兒後自殺未遂的社會新聞，引出重建鄰里間支持系統的重要性。這其中，作者也同時加入了一幅描繪和諧鄰里關係的照片為讀者鋪設一個理想的鄰里圖景。如此做法可以讓讀者最快、最直接地了解文章主題，從而有效地理解接下來的內容。這樣的文體寫作技巧在很大程度上吸引了讀者閱讀博文內容，對作者提出的想法有進一步了解的期待。

要點一：考生先從文章結構入手，探討博文的語言邏輯，並說明圖片的引導作用。

　　其次，作者使用對比的手法，將當前的議題與其切身經歷的過往做對比，讓新時代的年輕讀者有機會了解過去鄰里關係的圖景，進而對作者的表述有所認知。作者通過對以前與現狀的對比，凸顯出需要重建鄰里互助體系的迫切性及其可行性，例如，"以往在村落，大家都彼此認識。現在在集合住宅裏，很多時候鄰居的互動都基於負面事件"，"而因為工作形態的異質性越來越高……工作以及空間和時間的分佈也不會完全一樣，所以彼此間其實也有很多資源共享與互助的機會"等，證實重塑鄰里關係的可行性，從而更容易打動讀者參加重建鄰里關係的行動。在博文中，使用此類對比手法，作者有效地表明具有實效性的課題，從而將讀者帶入自身經驗的真實場景中，更容易讓讀者感同身受。

要點二：考生針對對比手法進行表述，對比手法的運用有利於讓讀者對相同議題的今昔差異有更加全面的體驗和認知，從而在作者分享個人體驗的輕鬆氣氛中體會到這種差異帶來的反差感，對作者所談議題有更深刻的認識。

　　另外，作者也不乏對自身經歷的引用，這種引用加深了博文的分享特徵，也有助於讀者更加真實地了解作者關注的社會議題。例如文中"我自己住在老舊集合住宅，曾漏水漏到樓下……但協調解決的過程中也能夠和鄰居變得熟悉"和"（龍吟研論）剛成立，我也參與協助了第一年的研究"等例子。該做法不但能使文章內容更貼近生活，讓讀者意識到重建鄰里關係是觸手可及的事情，更在某種意義上強調了作者因為經歷過所述事件而

要點三：加入富有個人經驗的例子是博客文體慣用的手法，這樣可以更有效地傳達作者對某些問題的認知和切身感受，有利於讀者的接受，考生清楚地觀察到了這一手法的使用。

強調其話語的真實性，讓讀者更加容易信服，達到博客分享個人見解的目的，進而再次證明重建鄰里關係的可行性，呼籲讀者參與其中。

另一方面，該文本個性化的語言風格也在很大程度上幫助了作者對於鄰里關係支持淡化的社會問題。通讀全文，不難發現文章中的段落極短，每段只有兩到三行字，這樣可以增加閱讀體驗，同時更容易突出每一個段落的重點。例如第六段提到建立關係網絡時，重點明顯被放在了第一句"現在欠缺的只是一個機制，把人重新連結，把關係重建。"這樣一來，讀者就更容易抓住文章重點，從而思考作者所探討的社會問題。

總而言之，這篇個人博客文本通過個性化的寫作風格、有效的文章結構、個人例子和簡潔明了的內容使作者成功傳達出了"重建鄰里關係，強化社會支持"的重要性與可行性，並通過讓廣大讀者意識到所有人都可為之作出改變，從而展現對鄰里關係支持淡化這一問題的關注。同時我們也需要看到，作者自身在使用博客這種文體探討社會議題時的角度問題。富有效率的寫作方法自然能夠達成一定的目的，但是要想行文更具可讀性，作者可以考慮加入更多相關話題的文章鏈接，從而讓讀者對作者的相關思考有所了解，對這個問題的認識也將更為全面。

✏️ 綜合點評

考生可以很好地解讀博客的主題，通過對博客文體特徵的介紹和深入分析，有效針對具體個案進行詳盡的闡釋。能夠抓住博客文體個性化的語言特徵，以及富有真實性的個案分享等特色，並且還能提煉出結構特點以及對比手法的運用等信息。總的來說，分析比較全面，邏輯性也不錯。

一般來說，無論是什麼文體的文本，只要是文字比較多的，都需要大體從結構特徵、語言特徵、文體特徵等角度尋找要點，同時也要配合博客的文體功能做具體的分析。本文的分析中，我們看到考生能夠結合要點回應博客的功能，評價文本的有效性。博客需要使用富有個性化的表達手段吸引受眾閱讀，信息的傳達需要簡明而富有效率，可讀性要強，這些都需要特有的手法和風格。

三、本章小結

　　個人博客需要對考生從幾個方面進行考察，一是博客文體的特徵，包括標題、開頭的導入、中間的小標題和分段、文中的相關文章鏈接等；二是需要考生注意博客語言的特點是否簡明有效，是否方便讀者閱讀和收藏等等。博客在於分享經驗和感受，正式語或書面語雖然也可以使用，但是要配合博主的身份和目的。對於專業的學術探討的個人博客，當然需要使用這樣的語言風格。所以，識別博客的各項形式特徵能夠引導考生進入較為正確的分析軌道，熟知博客文體的行文風格和語言特徵也有利於考生針對引導問題進行有效的回應。當然，最終需要考察的是文體的功能，對這一點的把握將有助於考生更為準確地理解、分析並最終進行呈現。

學習者檔案

06 網絡文章

 一、文體簡介

　　網絡文章的概念相對寬泛，與 DP 語言 A 大綱給出的電子材料 / 文本有相同之處。總的來說，網絡文章就是電子化了的文本，發佈在網絡之中，區別於個人博客、惡搞作品、報章網絡版等文體。網絡文章主要發佈於綜合性網站上，用於發表觀點，展示不同的生活方式。網絡文章所採用的表達方式類似於雜誌文章，包括記敘、議論、抒情等，文體也相對正式，內容和風格要符合相關網站的主題和理念。我們常見的網絡文章多來自門戶網站中的各類欄目。很多紙質媒體，例如雜誌、報紙等，也會開設自己的門戶網站，這裏的文章與紙媒文章基本相同，不同的是排版、字體等元素。網絡文章需要考慮屏幕閱讀的體驗。近年來，手機的普及使社交媒體等媒介中的文章開始流行，它們也被稱為網絡文章，如公眾號的文章等。分析任何網絡文章，都需要考察它的媒介、受眾以及功能等。

關於慈濟　慈濟志業　公告　多媒體專區　活動查詢　加入我們　捐款　　f ⓘ ▶ ☎ | EN Q

主頁 / 多媒體專區 / 本地紀實　　　　　　　　　　　　　　　　　環保．人物

何佑振：環保從生活細節著手

"如果不盡力保護環境，地球將不適合人類居住。"醫師何佑振分享了自己日常生活中減少浪費的方式，對他而言，環境保護不只是減少使用一次性塑料製品而已。

2020/04/10 | 慈濟基金會（新加坡）| 文（英）/ 鍾欣盈；譯 / 羅康倫、徐道康

何佑振醫師注意生活每個小細節，在衣食住行上落實環保觀念。(攝 / 王綏喜)

現今時代，實踐綠色生活方式已經越來越普遍。然而，大多數人在落實環境保護方面依然不足，因為環保不是減少使用一次性塑料製品而

已，對新加坡慈濟人醫會成員、耳鼻喉醫師何佑振而言，環保是終身使命。

曾經在英國居住十七年的何佑振，平日喜歡到公園或郊外踏青，因此培養了自己對大自然的熱愛。他意識到氣候變化可能帶來的危機，尤其富裕社會的能源使用加劇了氣候變化。然而，貧窮國家的國民卻是其中的受害者，他們沒有能力改善生活或離開居住地。

"七年前，我接觸到慈濟與證嚴上人的教導後，才明白自己可以把喜好和知識轉化為行動，而且對的事應該立刻去做。"雖然一直以來何佑振了解環境保護的重要性，然而在聆聽證嚴上人的開示[1]後才真正地落實環保的生活方式。

● 環境保護　生活處處少不了

何佑振認為，參與慈濟環保活動是實踐環保一個好的開始，但是不足以減緩氣候變化和人類對地球造成的破壞，他覺得："我們應該把環保理念全面地融入到日常生活中，從生活中的小細節著手，以減少對環境的破壞。"

為了將環保理念落實在生活中，何佑振從"綠化"家園開始，在家安裝了節省水電的設施，包括72個太陽能板，每個月太陽能板收集的能源足以供應家裏每月六百度（或稱為千瓦時，kwh）的耗電量。除了利用太陽能作為能源供應，他還安裝太陽熱能系統，利用太陽的光能轉化為熱能，供應熱水。他在家裏也安裝了雨水收集系統，所儲存的水可以用於澆花、清洗汽車和地面等用途，每月省下兩千到三千公升的水。

1　開示，佛教術語，為佛門中高僧大德為弟子及信眾説法。

洗手後的水直接流入水箱，用來沖洗馬桶，高效率地使用水資源。（攝 / 王綏喜）

何佑振家中安裝了 72 個綠色節能的太陽能板。（攝 / 王綏喜）

何佑振收集雨水作為清洗汽車、地面和澆花等用途。（攝 / 王綏喜）

　　除了節省水電能源，何佑振也落實環保"5R"理念，即拒絕使用（Refuse）、減少使用（Reduce）、重複利用（Reuse）、修復再用（Repair）和循環使用（Recycle）。何佑振不會把破損的衣服一扔了之，通常會對

衣物進行縫補修復，使其繼續發揮價值，而且從不介意在自己家裏擺放從網上購買的二手家具。

此外，何佑振意識到茹素[1]對地球帶來的正面影響，這也是讓他成為一名素食者的原因之一。根據研究顯示，選擇少肉或無肉飲食能降低溫室氣體排放，為環境保護和資源供需帶來許多好處，例如減少水源使用量、減少樹林砍伐、解決全球糧食危機等。何佑振分享道："我覺得要走在菩薩慈悲道路上，必須時時刻刻為眾生著想。因為我們無法知道自己的所作所為將對他人產生哪些負面影響。當你這麼去想時，環保過程的種種不便真的沒什麼大不了。"

何佑振醫師將補充裝（Refill Packs）的清潔劑和洗手液等裝入空的塑料瓶，
讓塑料製品再循環使用。（攝／王綏喜）

● 縮小自己 做好本分事

許多科學家認為，全球氣候變化和地球暖化的主要因素是二氧化碳排放量上升所致，地球暖化致使冰雪融化，海平面迅速上升，產生的後果不堪設想。雖然政府實施了一系列保護環境的方針、政策和措施提高民眾的環保意識，然而，保護環境人人有責。何佑振表示："要影響他人只有一個方法，就是以身作則，建立一個好榜樣。我們先縮小自己，做好本分事，當引起別人的關注後，再藉此與他們分享。"

1　茹素，即吃素食。

最後他語重心長地說：“我只是全世界七十億人口的一分子，單靠我一個人的力量不可能降低地球溫度。但是‘滴水成河，粒米成籮’，只要每個人盡自己的本分，響應低碳生活，甚至零碳生活，相信我們是可以拯救地球的。”

文章源自《何佑振：環保從生活細節著手》（新加坡慈濟網授權）
https://www.tzuchi.org.sg/news-and-stories/local-news/20200410/

引導題

討論本文作者使用了怎樣的手法去達到不同的寫作目的。

✎ 評論示範

環保在當今社會成為了人們廣泛探討的話題之一，以此警醒百姓維護生態平衡和愛護環境對於人類生存的重要性。在文章《何佑振：環保從生活細節著手》中，作者以何佑振醫師的視角向觀眾傳達了環保的重要性以及實施環保的方法。作為一篇發佈在慈善救濟網的網絡文章，該文本內容通俗易懂，不僅符合網上閱讀的習慣，還保留了部分正式的語體風格，使其在呼籲人們環保這一課題上有著一定的話語權，從而傳達了網站的濟世情懷。

通讀全文，不難發現作者沒有在文章中直接加入任何個人觀點，而是以何佑振醫師（以下簡稱醫師）的視角和觀點出發，說明環保的重要性。首先，作者將文章主體以兩個小標題分割為三個部分，小標題分別為“環境保護，生活處處少不了”和“縮小自己，做好本分事”，而三個部分分別對應醫師實行環保生活的原因、如何在生活中實行環保，以及實行環保的重要性。該做法能夠讓文章呈現出一個更清晰、有邏輯的結構，從醫師接觸環保開始一直深入到自己的心得和想法，使讀者更容易理解文章主題，從而達到“呼籲環保”的目的。

其次，在文章中，當談到醫師的種種環保做法時，還不乏對醫師原話的引用，從而直接體現出其環保思想。例如，在談到參與環保活動不足以

開篇：考生從環保入手談論慈濟網站下的文章，從而聯繫到網站的功能和理念。

要點一：考生從個人視角切入。這是敘述類文本常見的手法。

要點二：考生通過分析作者對醫師原話的引用，從而闡述引用的使用能使行文更加真實。

考生所述的具體化，其實就是可視化，或者叫具象化，這是圖片等媒體形式的作用。

數據的使用也增加了語言的真實性。

總結：結尾總結簡潔有力。考生可以考慮增加一些批判性思考。例如，文本中主人公引用了佛教的表述，雖有宣教的意圖，但又顯得隱晦。此部分可表述得更加明顯。

緩解氣候變化和環境損害時，作者直接將醫師的原話放在了後面，來體現其對於該論點的詳細想法：“我們應該把環保理念全面地融入到日常生活中，從生活中的小細節著手，以減少對環境的破壞”；在談到如何了解保護環境的重要性時，作者也引用道：“我接觸到慈濟與證嚴上人的教導後，才明白自己可以把喜好和知識轉化為行動，而且對的事應該立刻去做。”直接引用醫師的原話不但可以將文章的內容從假大空的大道理變成更為現實的思想，同時也在某種程度上貼合了文本平台的特性，使文本內容更加正式，從而讓讀者更為信服。

另一方面，作者通過將文章的內容變得更加具體化，來提升文本內容的可信度。當談到醫師的環保習慣時，作者在文中插入了許多帶有配文的圖片，例如使用洗手水沖刷的馬桶、雨水收集器和太陽能板，分別對應“洗手後的水直接流入水箱……高效率地使用水資源”，“收集雨水作為清洗汽車、地面和澆花等用途”，以及“安裝了72個綠色節能的太陽能板”等文字，讓讀者在讀到醫師如何實行環保的同時能夠有更加視覺化、具體化的體會，深刻意識到環保做法的實用性和可行性，從而增強被文章中心思想說服的可能性，以達到傳達環保意識的目的。

此外，作者在該部分中還運用了部分詳細數據增強讀者對於醫師環保生活的印象，例如“72個太陽能板”，“足以供應每月六百度的耗電量”以及“每月省下兩三千公升的水”。該做法是作者對內容具體化的一種補足。由於讀者一般不會花過多時間閱讀網絡文章，直接給出具體的數值是讓讀者了解環保重要性最直接且快速的方法，另外還能使讀者充分意識到環保做法的有效性和可行性，從而增加他們被說服的幾率。

總而言之，在該文本中，作者考慮到了文本以及平台的特性，以何醫師的視角和觀點出發，引用了何醫師的原話並插入了圖片和詳細數據來傳達環保對於人們生活的重要性和可行性，使文章的內容在簡單易懂的基礎上兼具一定的正式性和話語權，從而在潛意識中影響讀者，為環保作出貢獻。

✏️ **綜合點評**

考生比較能夠抓住文本的體例和功能，結合文中的具體表述進行分析。考生能夠清晰了解文章的意圖，同時有條理地梳理文本的特徵，從視角、個人相關的例子、圖片以及數字等幾個方面進行表述，簡明有效。針對網絡文章所具有的特徵，考生不僅能夠針對文本進行討論，也可以具體問題具體分析，從而加強了文體之間的互文性。

當然，考生可以在網站的整體理念解讀部分多一些筆墨，這樣就能夠把文章的目的性討論得更加清楚。慈濟的網站實際上是一個佛教下屬網站，但是，通過網站的欄目，我們可以猜測到，此網站會向慈善機構宣傳一些相關理念。這在文章中可以體現。考生能夠觀察並涉及這方面的信息。

三、本章小結

網絡文章根據網站的不同會呈現不同體例，這也使得網絡文章可能與報章或雜誌文章都包含一些相同的手法或內容。因此，考生在識別網站的信息方面要做更多的觀察，對於所選文章的具體作用也要結合網站的功能和目的進行討論。當然，如果文章沒有涵蓋足夠的信息，可以針對引導題作出一定的判斷和補充，如果能夠找出具體的依據，對引導題的回應將會變得更加深入和有效。

07

惡搞作品

一、文體簡介

　　惡搞原意指出於惡意的搞笑。惡搞作品指在已有資源（如新聞圖片）基礎上進行再創作，使原來的格調和氣氛大變，內容包含各種搞笑犯貧的元素。惡搞作品的形式主要包括，圖片經過二次編輯加工，製作成對話形式，或者藉助軟件製作成動畫形式。經過再次創作，新作和原作的反差往往能增強搞笑效果。此外，惡搞的對象也與當時的熱點話題相關。

二、例題

蘇軾

在號子裏蹲了130天，多虧曹太后仗義執言，以及各位師長朋友的幫助，老夫的小命才保住了。今天終於出獄了，連累大家了 😈😈
🦉🦉🦉🦉🦉🦉🦉🦉🦉🦉
🦉🦉🦉🦉🦉🦉🦉🦉🦉🦉
🦉🦉🦉🦉🦉🦉🦉🦉🦉🦉
🦉🦉🦉🦉🦉🦉🦉🦉🦉🦉
🦉🦉🦉🦉🦉🦉🦉🦉🦉🦉
🦉🦉🦉🦉🦉🦉🦉🦉🦉🦉
🦉🦉🦉🦉🦉🦉🦉🦉🦉🦉

由於版權問題，查看全文請掃碼二維碼，進入網絡資源。

作者如何利用現代語境，採用了怎樣的文本技巧，從而巧妙地傳達歷史知識？

✎ 評論示範

　　當代中國學生在接觸傳統知識的時候總是有些抗拒，一是歷史內容枯燥乏味，難以識記，二是缺乏傳統語境，文化內容在解讀上容易產生偏誤，學習上會產生困難。因為這些原因，很多當代學生會藉助網絡流行語，利用惡搞的形式將傳統知識置身於新的文體形式和現代語境中，這樣做一方面可以幫助讀者更有效地了解和識記歷史文化知識，同時又標新立異，給人一種耳目一新的感覺，產生博人一笑的效果。這組惡搞文本就是藉助現代朋友圈的形式，向潛在的想要了解蘇軾這個歷史文化人物的學生或其他人士介紹此人及其社會關係、相關歷史事件等。在幽默風趣的氣氛中，使讀者有意無意地接觸並了解相關的歷史知識，同時表現出作者的創新力。本文試圖分析本組文本如何結合現代語境，並採用哪些文本技巧有效地傳達歷史知識。

　　首先，作者利用現代語境，結合歷史人物生平，向讀者傳達了關於蘇軾曾經的遭遇和經歷，造成一種古今反差的對比效果，很好地輸出了知識，並引發讀者的思考。網絡社交成為現代語境中不可缺少的社交手段，而朋友圈這一社交平台又兼具傳統和現代的雙重特點。一方面，它能夠維繫朋友關係，並且將這種關係限制在一定的分享範圍之內，造成封閉的興

開篇：考生從傳統知識的傳播效果談起，引出流行的惡搞方式，這種方式是否會對學生了解歷史人物有一定幫助？考生結合引導題目展開了論述。

要點一：考生考慮到了語境的影響，古代人物進入現代語境中，現代語境的基本元素有什麼呢？一是流行的網絡社交手段，二是現代的朋友關係。

論場。另一方面，又藉助現代的多媒體呈現方式，分享實時發生的事情以讓朋友知曉，保持信息的暢通。惡搞作品顯然利用了這一具有現代語境的表達手段，將歷史人物蘇軾置於這一場域之中，讓讀者產生時空錯覺。作者有意地將蘇軾穿越到現代的輿論場中，與其有關係的相關人物如司馬光、王安石、曹太后等人也藉助這種現代手段出現在文本中，甚至還出現了雍正這一跨越時代的歷史人物，共同產生了古今反差的效果，讓惡搞這一形式以其極強的創造力產生一定的吸引力。讀者在識別人物並釐清人物關係的同時，能夠了解所呈現的主人公所經歷的歷史事件。由於傳統語境的局限所造成的信息差，讀者需要藉助現代信息手段，利用呈現的地點"烏台"，關鍵詞"仗義執言""出獄"等信息搜索相關歷史事件，從而更全面地解讀這組文本所傳達的隱含信息。

要點二：此惡搞作品和朋友圈相結合，產生了一定的效果，考生對此進行了細緻的討論。

其次，此惡搞文本的作者藉助朋友圈這一富有特色的社交媒體，達成惡搞的效果，由此產生具有諷刺的表達效果。朋友圈實際上是現代人用於維繫不同領域的熟識人群的有效手段。它的基本特徵是，互相關聯的人可以查看對方所發佈的視頻、圖像、文字等信息，並在帖子下方點讚或留言，以標記查看動作或提供觀點和感受。朋友圈的所屬者能查看所有留下反饋的朋友的足跡，並且能給出回應，而朋友群體中的個體如果沒有互相關注，就查看不到這些信息，這就造成朋友圈一定的封閉性，這也與那些開放的社交媒體有所差別。正因為這樣的形式，我們看到本組惡搞作者藉助蘇軾本人發佈了兩條朋友圈信息，信息中可見朋友圈常見的語言特點，即使用口語體加網絡體文字，讓蘇軾這個本來嚴肅的歷史人物呈現出活潑可愛、富有現代人氣息的性格特徵。而與之相關的人物點讚留言，與正史呈現的嚴肅風格大相徑庭，一些如曹皇后、趙頊等身處高位的皇家人士也都成了他的朋友。這種強烈的顛覆效果試圖消解歷史的嚴肅感，產生現代人能夠理解的邏輯關係，但實則呈現的是對歷史事件的某種諷刺。在自由匱乏的封建時代，蘇軾即使談笑風生般講述自己的遭遇，也不能換得皇室階級的同情甚至點讚。現代文體則化解了這種矛盾，同時為讀者提供了一個潛在的暗示，暗示讀者他們的關係不是平等的朋友關係，從而有助於讀

者尋找更多的答案。

最後，惡搞作品結合人物關係，採用了多樣的語體語言，呈現出多元的搞笑效果，引發讀者的思考，從而了解更多知識。顯然，作為朋友圈的發佈者，蘇軾使用了口語語體和網絡語體的表達，諸如"號子裏"，微表情文字"哭泣"等，也混雜了正式語體的表達，例如"老夫""仗義執言"等。留言區裏的留言則多引用詩詞和正式語體。這些語體的混雜一方面受制於現代社交媒體的表達方式，另外一方面也基於發佈者自身的歷史身份和感受的考量。作者藉助蘇軾的表達，將不同語體的表達混在一起，體現了惡搞作品無厘頭的特點。它不合乎邏輯，更不需要遵循某一特定形式，但這種混雜的形式反而會因為流行而成為一種全新的體例，得到眾多網友的復刻。也許這組作品採用了其他歷史人物的作品進行創作，但這也符合惡搞作品在原有作品的基礎上進行獨特創造的原則。通過這樣無厘頭的復刻，作者營造出了一種輕鬆搞笑的效果，讀者在欣賞和認同的同時，也能細緻了解無厘頭背後的事實邏輯。

總之，這組作品很好地結合了現代語境，採用現代社交媒體的表達技巧以及多語體混合等語言技巧，呈現出些許諷刺和幽默的無厘頭效果。可以說，這種作品的流行讓我們看到惡搞作者的天馬行空，也讓讀者在輕鬆的氣氛中能夠有意識地對隱含信息進行補充，對所呈現的知識進行理解。這是傳達知識很好的手段。當然，我們也需要認識到，惡搞也不能過於隱晦，比如這組作品中第二個作品裏，"紅牆內幕"這種信息就太過隱晦，讓讀者不明所以。因此，即使通過惡搞來推送再小眾的知識，或者傳播一些有趣的段子，也需要對內容進行一些補充說明，以便達成更好的效果。

✏️ **綜合點評**

這篇關於惡搞作品的分析能夠結合具體文本特徵，對引導題中的現代語境和文本技巧展開分析，特別強調了惡搞作品諷刺和無厘頭的特點，其所產生的幽默效果有利於歷史知識的傳達。此文的巧妙在於惡搞作品的創新性。對文體特徵的把握是進行此類文本賞析必要的基礎。當然，在文本

要點三：考生對惡搞語言方面的特徵進行了識別，多種語體語言混合使用，凸顯惡搞形式的無厘頭特徵，從而引發讀者思考。

總結與引申：考生對文本中存在的缺點進行了總結。

分析中，如何結合提示語對文體知識展開分析，需要針對不同惡搞文本的形式，同時也應考慮惡搞作品除搞笑以外的功能。顯然，此文的引導題已經較為清晰地展示了這些信息，考生只要沿著引導題目進行分析即可。

綜合考察考生的理解和分析，可以看出其對文體知識的基本功較為扎實，特別是對惡搞的手法及效果的使用，並能夠結合主題進行細緻、有組織的論述。語言的使用符合文體要求，組織構架也清晰合理。

在對文本分析之餘，我們也要考慮文本的局限性，特別是信息的隱含特徵。惡搞是在現有作品之上的創新，搞笑是其直接目的，間接目的則是傳達信息。如果這些信息因為過於隱晦而讓人找不到笑點，則達不到惡搞作品的目的了。這也顯示了惡搞作品受眾的局限性，即只針對目標群體而創作。

 ## 三、本章小結

惡搞作品因為呈現的媒體不同，也會有形式上的不同，而其中相通的部分是語言的特性。無論是視覺語言還是圖文語言，都需要在現有材料的基礎上進行修改和創新，呈現出具有反差效果的作品形式，以視頻、帖子等形式流行於網絡之中。考生在考察這類文本時，切記要遵循惡搞作品的基本語言特徵，結合具體文本，抓住具體特徵，從而寫出能夠回應引導題的分析作品。

學習者檔案

08

指南說明

一、文體簡介

　　指南這一實用文體常常出現在具有指導性目的的文件或者文章中。通過指南，上級單位可以向下級單位傳達某些常規操作的步驟，公眾服務部門也可以向大眾普及特定情景的常規做法。此外，發佈者還可以向特定群體傳達指導性信息，提供具體做法，使讀者一目了然，在遇到相同情境時可以進行聯想並使用。

二、例題

@所有人，春節必備防騙指南，請查收！

海北州公安局　海北公安　2/10

　　歲末年初，正好是電信詐騙發生的高峰期，不法分子們從返程回鄉、置辦年貨、資金短缺等方面契機精心設計騙局，實施詐騙，可謂詭計多端！

　　……

海北州公安局微信公眾號

由於版權問題，查看全文請掃碼二維碼，進入網絡資源。

這則防騙指南以怎樣的結構、內容和技巧，有效喚起民眾的警惕性？

✎ 評論示範

　　隨著社會的發展，社會流動性的日益增強，越來越多人出外謀生，接觸變化萬千的新鮮事物。與此同時，互聯網興起，人們的生活也方便起來，但意想不到的陷阱和傷害也隨之而來。一些不法分子會利用網絡和電信等詐騙方式作案，騙取普通百姓的錢財。特別是在過年前後，詐騙案頻頻發生。為了防止類似事件發生，如海北州公安局發佈的《春節必備防騙指南》成為警察部門近年常用的指南文體文本，目的是向忙於返程而容易被騙的無辜群眾普及騙子的慣用手法，提供正確的防騙方法，從而進一步保障社會安全。那麼，本文究竟使用了怎樣的文體手段，從而達到警示的目的呢？

　　首先，簡明有效、富有可讀性是指南文體的語言特徵。作者使用鮮明的段落結構，突出重點信息，有利於快速傳播防詐騙的相關信息，同時起到警醒大眾的目的。該文本中，作者分別介紹了"網絡虛假實物類""春節紅包詐騙""票務詐騙""貸款詐騙"四部分，以小標題的形式將其分別羅列，使讀者一目了然。具有概括性的場景作為標題內容，統領了每個部分的重點信息，讀者只需要根據標題就能快速了解詐騙類型，便於結合自身經驗，快速掌握新型詐騙方法，進而細緻閱讀相關部分。另外，指南結構的安排也體現在小標題的順序。從小標題的內容可得知，詐騙類型是以

開篇：考生從社會中漸增的詐騙案件展開，在介紹社會語境的同時提出文章分析的重點。

要點一：根據引導題提示的結構方面進行探討。結構是語言呈現的手法，閱讀順序和邏輯呈現都需要通過結構來完成。指南是結構性很強的文體，所以這方面的表現也很清楚。

發生頻率由高到低的次序進行排列。顯然，大眾最容易上當的案件——網絡虛擬實物類的詐騙是最不容易識別的，也是出現頻率最高的類型（如QQ、微信和微博等）。這樣的結構安排自然能讓多數讀者在開始讀的時候就產生警惕。相反，如果把大眾不容易遇到的詐騙類型放在開頭，就會讓讀者覺得與自己並不相關，進而主動放棄閱讀。總之，這樣的結構安排對於提高讀者的警惕性相對有效。

其次，每個部分的內容安排在體例上也體現了指南的簡明有效，在方便讀者閱讀的同時也達到喚起民眾警惕性的功用。每一個詐騙類型的部分都會包含標題、高發平台、套路和警方提醒這幾部分，其內容都與讀者切身相關。比如貸款詐騙部分裏，"高發平台"所展示的短信是與此類案件高度相關的通訊工具，幾乎每個人都有機會收到類似的短信；"套路"則向讀者提供具體的作案表現，讓不明真相的讀者及時了解此作案方法的實際情況，反躬自省，做到提防；"警方提醒"增強了指南指導性原則的嚴肅性，從警方的視角暴露詐騙者的伎倆，提高這套指南的權威性。畢竟警方偵破了太多類似的案件，以警方視角呈現的案件類型及作案者動機會讓讀者在讀到此類指南時自覺警醒，進而識別並遠離相關的詐騙手段。

最後，指南文體的語言風格既要貼近讀者身份，又要表現嚴正性和指向性，這樣才能在與讀者拉近交流距離的同時，給人以警醒。為了保證此文本語言風格通俗易懂並貼近讀者的閱讀感受，作者使用了"套路"這個網絡流行語，在簡短的文章中讓人一目了然，並快速獲取作者所要傳達的要義。同時，文中沒有出現技術性的專業術語，而盡量使用讀者都能明白的詞語進行表述，例如"搶票神器""搶票小工具""假紅包"等真實、通俗的名稱作為例子進行說明，使讀者快速理解，不用過度思索。當然，此文本的語言詞彙和句式多為勸解和警告類型，增強了文本的嚴正性。例如作者會用"千萬""馬上""謹防"等規勸類的詞語，表明警方對待此類案件的嚴正態度，使讀者產生警覺。文本也使用很多祈使句，例如"請保留相關證據，馬上報警"，這類句子具有很強的指示性，讓缺乏詐騙常識的讀者不再毫無作為。

要點二：內容安排是作者有意而為之的，這點毋庸置疑。當然，指南每個段落內容的安排，需要在考察整個文本功能後進行分析，在這一點上考生有細緻的展現。

要點三：考生從語言風格入手進行分析。實用性文體需要吸引讀者，因此，語言風格的使用是一種重要的文本策略。簡明有效的語言風格常見於實用性文體之中。當然，根據作者目的需要，可以採用多種語言風格，畢竟個性化表述也是吸引讀者的手段之一。

總體來說，此文本通過結構安排、內容呈現以及文體相關的語言特徵等技巧，使缺乏防詐騙知識的廣大讀者快速了解詐騙的作案手法和防騙技巧。警方在傳達這些常識性信息時，採取較為嚴肅的態度，一方面增強了權威性，讓讀者容易接受，一方面也表明此類事件的嚴重性。當然，作為在新媒體傳播的此類指南，如果能夠結合更多視覺類的語言資料，則更有警示效果，畢竟文字閱讀需要一定的教育背景，而那些更容易上當的人往往是缺乏教育背景的外出務工人員等等。

總結與引申：考生不忘總結網絡傳播的文本可視化的不足。當然也可以從內容的相關性進行批判性思考。

✎ 綜合點評

考生此篇指南文本的評析較為全面和有效，特別是能夠緊扣引導題來組織結構，清晰地展開論點並作出評價，每個段落都能有效回應引導題考查的重點。當然，引導題並非一種定式，但考生對引導題的識別和判斷卻是必要的。引導題中隱含了文體的特徵和手法，以及文本的目的，考生以此邏輯來編排分析文本的結構是大有裨益的。

當然，不要忘記批判性思考。由於文本通常都有一定的局限性，考生需要考慮文本在傳播過程中是否達成了目的，通過對文本使用方法的考察，我們不難給出富有建設性的評價。對於像指南這類不太常見的文體，考生一定要做好相關的知識儲備，以便在真正遇到考試題目時，可以全面進行考察和評價。

三、本章小結

　　指南文體在現實生活中比較少見，因為它使用的範圍比較局限。當然，也有一些文體會套用指南文體進行寫作，比如文學文本的小說、非文學文本的博客等。不管如何套用，指南文體的主要功能是提供指導信息，保障受眾權益。例如"生存指南"，常見於文學和非文學領域主題，進而逐步成為一種隱喻，例如"職場生存指南"，指職場中富有經驗的人士向職場新手傳授的"武功秘籍"。指南具有一定的指導性，而隱喻化的指南更像是忠告，其是否具有指導性則需要讀者自行判斷。此外，指南中有時也會出現與其他文體結合的現象。這類現象值得考生以及教師們識別、考察，同時作出有效的分析。

學習者檔案

學習者檔案

09

公眾演講

一、文體簡介

演講稿指演講的底稿。一般來說，演講稿的針對性與目的性非常鮮明，通常是根據某個具體主題或在一個特定的場合、面對特定的受眾所發表的演講。演講稿要求具有鼓動性和宣傳性。通常來說，其內容較為感性，遣詞造句富有情感，修辭上多用排比、反問等語氣較為強烈的手法，以期打動聽眾。文本最終以口頭方式呈現。因此，語言需有可講性，用詞應簡明通俗，結構應清晰、富有條理，易於聽眾接受講者的觀點。

二、例題

不捨得這麼年輕就退休離場
換個江湖見
馬雲卸任演講

感謝大家遠道而來。真沒想到，等了 10 年的這一天，來得那麼快，來得那麼美好，感謝所有幫助過、支持過、信任過阿里巴巴的人，感謝所有的阿里的員工，阿里的朋友，感謝這偉大的時代，感謝這個國家，感謝這個了不起的城市。

……

由於版權問題，查看全文請掃描二維碼，進入網絡資源。

過了今天晚上，我就要開啟新的生活，雖然我不當這個董事長，但是我確實相信，世界這麼好，機會那麼多，我又那麼愛熱鬧，哪裏捨得這麼年輕就退休離場。我希望換個江湖見，青山不改，綠水長流，後會有期。

文章改寫自馬雲卸任演講視頻
https://www.youtube.com/watch?v=TvkOp8tk3Ow

引導題

文本如何通過各種語言技巧，表達演講者所要傳達的中心思想？

✎ 評論示範

一段旅程的結束，往往意味著另一個旅程的開始。正如馬雲的卸任演講標題"不捨得這麼年輕就退休離場，換個江湖見"，離開阿里巴巴的董事長職位並非"退休離場"，而是開啟新的可能性與未來的契機。在卸任演講中，馬雲以"不是馬雲退休，而是制度傳承的開始"為主軸，發表了自己對創建、經營、管理阿里巴巴的經歷和感悟，討論了人生的多變性，以及對於科技革命和新時代的展望。在此篇演講中，他通過富有故事性的敘述結構、藝術手法、語言風格使演講內容不但具有現實意義，還富有感染力，在表達清晰的主題思想同時，成功地調動了受眾的民族自豪感。

首先，講者充分運用了公共演說中常有的時間軸敘述結構，使行文主題層層遞進，具有豐富的連續性和故事性，易於聽眾釐清作者的敘事，抓住演講的脈絡和層次。演講以"感謝"開始，"感謝所有的阿里的員工，阿里的朋友，感謝這偉大的時代，感謝這個國家……"，以一種富有情懷

開篇：考生從馬雲演講的主題入手，開篇點題，直接回應引導題。

要點一：考生指出，演講稿的時間軸敘述結構突出了易於聽眾理解與接受的文本特點。

的表述奠定了全篇演講的基調，調動了聽眾的情緒，使聽眾沉浸在演講者接下來的敘述中。緊接著，馬雲把時間追溯到"15年以前"，回顧了阿里巴巴對於實現"公司願景"的承諾和阿里不畏困難挑戰的"第三條路"的歷程，"10年前"他想要"離開董事長位置"的提議，以及對於如今世界發展的看法和展望，最後才回到"至於我自己"——馬雲自身卸任後的安排。整個敘述按照時間軸順序展開，由遠及近地將公司的發展之路與自己選擇的原委，完整地傳達給聽眾，帶領聽眾一路回憶，使聽眾跟隨講者的講述，理解講者的情緒，在平和和充滿敬意的氛圍中，共同見證這個具有時代特徵的公司與演講者密不可分的關係。

其次，講者還使用了許多停頓，通過改變句子的長短來調整句子的語氣，在看似冗長的演講中變換節奏，以此不斷抓住聽眾的注意力。例如在談到技術革命時，講者說道："因為技術革命所帶來的影響，遠遠超過大家的想象。"這裏的停頓使觀點的表達更加有力、明確，也調動了聽眾的注意力，將重點放在了影響上。另外，較長的句子則使觀點表達得十分清楚，如在"10年前，我提出……我們今天做到了"這一句子中，講者不但進行了過去與現在的比較，也同時提醒聽眾，他這個決定是經過長時間的醞釀和考量，並不是一時興起，或迫於某種壓力。一段看似閒聊講述，在一個長句中鋪開，能夠讓聽眾領略到講者舉重若輕的態度和富有預見的思考。適當的斷句停頓，或者長句的應用，使整個演講稿的語氣波瀾起伏並富有層次，與講者的語言風格結合，也讓演講內容更富有感染力和說服力，令聽眾更好地接收講者對於生活及商業的理念，包括"制度傳承"與"新的生活"等思想觀點。

另外，講者還通過通俗、流暢的語言風格引領聽者達到共情的效果，使聽眾理解、贊同其所傳達的中心思想。講者在演講中反覆使用了排比手法，如"這個世界如果做不到……做不到……不能做到讓別人更好，那世界將變得越來越亂"。"做不到"的排比強調了科技對社會發展所需承擔的責任，在語言風格上加強了氣勢和流暢性，讓聽者感受到他所強調問題的重要性。此外，"這不是一個心血來潮，更不是……"和"今天不是馬雲的

退休，而是……。今天不是……，而是……。"在這些遞進關係和轉折關係的複句中，講者把阿里巴巴的成就功歸於聽演講的阿里人們，把光環歸於每個員工的努力。這使演講具有較強的說服力、感染力和號召力，因為這對於聽眾而言有著肯定性的現實意義，並引起阿里人的自豪感，同時以充沛的情感勾起了聽眾對一路以來工作生活的回憶。此外，講者還使用了比喻的修辭手法："今天所有的煩惱、焦慮和困惑，我認為是一個新時代來臨前的陣痛"，生動地展現了馬雲對於現在社會發展中亂象的正面思考。"陣痛"是孕婦產前的必然經歷，其在這裏的喻意可理解為在短暫的疼痛與掙扎後，即將誕生一個嶄新的生命。這十分符合馬雲屢次提及的"技術革命"的深刻性，在克服了技術革命帶來的種種全球化挑戰後，可預見的是"可持續發展、普惠和利他"等願景。這裏修辭的使用十分有效且又具有藝術色彩，形象地表達了馬雲對於科技時代與未來的信心，起到鼓舞人心的效果。同時，講者還通過口語化的表述，如"玩玩""折騰折騰""哪裏捨得"，使整個演講的語氣更加輕鬆、富有個性，像是在與聽眾對話，從而拉近了講者與聽眾之間的距離，達到理、事、情的融合。

考生關注到了口語化表達的效果，這能使聽眾與演講者產生共情。

最後，講者通過設問、引用數字和事例，使他的觀點表達更有說服力與邏輯性。馬雲在演講開始就拋出了"阿里巴巴決定把這家公司做 102 年，橫跨三個世紀，我那時候一直在思考一個問題，如何能做到？"這一問題，而在後文的敘述中，通過對問題的回答及引申，道出了自己對企業未來以及新技術時代的期望。為了突出自己的中心思想，馬雲還把阿里巴巴作為一個企業的"擔當"與"十四億人口"的數據相聯繫，使觀點更具有說服力。在最後一段，講者在講述了自己於格林威治天文台的親身經歷後，用了"we are nobody"的英文表達來表現其在經歷幾十年的創業和經營後的人生感悟，通過滲入中西方的兩種文化，得出了個體渺小的結論，使文本的表述更具信服力。在整篇演講中，馬雲將自己與聽眾放在平等的位置，用第二人稱"你"和"阿里人"直接與聽眾"對話"，整個演說具有較強的引導性，能引發阿里人的自豪感，並渲染整個演講現場的氣氛，使聽眾更加信服於講者所表達的中心思想。

要點四：考生關注到符合文本特徵的修辭手法的應用以及引用數字、例子的優點，這能更好地打動和說服聽眾。

總結：考生總結了文本特徵，回應了引導題，並以馬雲的原話作為結束語，呼應了文章的開頭。當然，考生還可以從批判性的角度探討這篇演講稿的局限性，例如，講者是否考慮了現實中的阻力和困難？抒發情懷是否具有有效性？等等。

綜上所述，馬雲在這篇演講稿中使用了具有文體特色的敘述結構、語言風格與修辭手法，增強了演講的感染力，並使文本具有現實意義。同時也調動了聽眾的認同感，成功地將自己卸任的緣由、企業的願景和個人的價值觀傳達給聽眾。正如馬雲所說：“過了今晚我就要開啟新的生活，我確信，世界這麼好，機會那麼多，我又那麼愛熱鬧，哪裏捨得這麼年輕就退休離場。我希望換個江湖見，青山不改，綠水長流，後會有期。”

✎ 綜合點評

這篇分析論文抓住了演講稿的文本特點，從文本的敘事順序談起，到演講稿特有的語氣與氣勢，再到修辭手法和語言口語化的特點。考生力求以引導題為主線，分析了演講稿的內容表達與形式上的特點。總體來說，考生的思路清晰，分析視角也較為全面，對於演講稿的文體特徵也有相對完整的理解。

此篇分析文章，為了完整分析一篇演講稿各方面的特點，在結構上略顯雜亂，分論點在邏輯方面會引起一些爭議。然而，瑕不掩瑜，考生對每個分論點的討論，都圍繞著引導題，即如何表達演講者的中心思想展開。而整篇文章對於文本主題思想的詮釋頗為深刻，文章首尾呼應，語言流暢，且準確運用了文本分析的術語。

📋 三、本章小結

公眾演講稿的分析一般都集中在語言技巧上，因為語言的感染力是演講稿最大的文本特點之一。這需要通過對語詞的選擇、修辭的應用，以及對敘事結構的把握來完成。演講稿一般都是夾敘夾議，敘事是為了拉近與聽眾的情感距離，一般講述演講者的親身經歷；議論則是演講的主要目的，表達自己對某一事件、現象或課題的看法與觀點。

演講稿的文本分析，可寫之處非常多。考生需要注意的是，如何圍繞一個線索來組織自己的分析文章。引導題自然是最簡單的選擇，但考生也可以自立觀點，進行有理有據的分析。

學習者檔案

10 私人信函

一、文體簡介

　　私人信函通常是個人間傳遞信息、進行溝通的媒介。在電報、電話等現代通信設備產生之前，人們大都通過書信來保持聯絡，互通有無。私人信函的歷史很久遠。古人常以書信表達思念、牽掛、鼓勵、安慰等情感，同時報告近況，消除彼此的擔心。因此，私人信函具有典型的私密性和非正式性。

二、例題

選自傅雷寫給兒子的書信，寫於一九五四年四月七日：

　　記得我從十三歲到十五歲，唸過三年法文；老師教的方法既有問題，我也唸得很不用功，成績很糟（十分之九已忘了）。從十六歲到二十歲在大同改唸英文，也沒唸好，只是比法文成績好一些。二十歲出國時，對法文的知識只會比你的現在的俄文程度差。到了法國，半年之間，請私人教師與房東太太雙管齊下補習法文，教師管讀本與文法，房東太太管會話與發音，整天的改正，不用上課方式，而是隨時在談話中糾正。半年以後，我在法國的知識分子家庭中過生活，已經一切無問題。十個月以後開始能聽幾門不太難的功課。可見國外學語文，以隨時

隨地應用的關係，比國內的進度不當一與五六倍之比。這一點你在莫斯科遇到李德倫時也聽他談過。我特意跟你提，為的是要你別把俄文學習弄成"突擊式"。一個半月之間唸完文法，這是強記，決不能消化，而且過了一晌大半會忘了的。我認為目前主要是抓住俄文的要點，學得慢一些，但所學的必須牢記，這樣才能基礎扎實。貪多務得是沒用的，反而影響鋼琴業務，甚至使你身心困頓，一空下來即昏昏欲睡。——這問題希望你自己細細想一想，想通了，就得下決心更改方法，與俄文老師細細商量。一切學問沒有速成的，尤其是語言。倘若你目前停止上新課，把已學的從頭溫一遍，我敢斷言你會發覺有許多已經完全忘了。

你出國去所遭遇的最大困難，大概和我二十六年前的情形差不多，就是對所在國的語言程度太淺。過去我再三再四強調你在京趕學理論，便是為了這個緣故。倘若你對理論有了一個基本概念，那末日後在國外唸的時候，不至於語言的困難加上樂理的困難，使你對樂理格外覺得難學。換句話說：理論上先略有門徑之後，在國外唸起來可以比較方便些。可是你自始至終沒有和我提過在京學習理論的情形，連是否已開始亦未提過。我只知道你初到時國羅君患病而擱置，以後如何，雖經我屢次在信中問你，你也沒覆過一個字。——現在我再和你說一遍：我的意思最好把俄文學習的時間分出一部分，移作學習樂理之用。

提早出國，我很贊成。你以前覺得俄文程度太差，應多多準備後再走。其實像你這樣學俄文，即使用最大的努力，再學一年也未必能說準備充分，——除非你在北京不與中國人來往，而整天生活在俄國人堆裏。

自己責備自己而沒有行動表現，我是最不贊成的。這是做人的基本

作風，不僅對某人某事而已，我以前常和你說的，只有事實才能證明你的心意，只有行動才能表明你的心跡。待朋友不能如此馬虎。生性並非"薄情"的人，在行動上做得跟"薄情"一樣，是最冤枉的，犯不著的。正如一個並不調皮的人要調皮而結果反吃虧，一個道理。

一切做人的道理，你心裏無不明白，吃虧的是沒有事實表現；希望你從今以後，一輩子記住這一點。大小事都要對人家有交代！

其次，你對時間的安排，學業的安排，輕重的看法，緩急的分別，還不能有清楚明確的認識與實踐。這是我為你最操心的。因為你的生活將來要和我一樣的忙，也許更忙。不能充分掌握時間與區別事情的緩急先後，你的一切都會打折扣。所以有關這些方面的問題，不但希望你多聽聽我的意見，更要自己多想想，想過以後立刻想辦法實行，應改的應調整的都應當立刻改，立刻調整，不以任何理由耽擱。

引導題

這封家書運用了哪些行文技巧來表達作者對兒子的叮囑？

✎ 評論示範

開篇：考生從私人信函的概念出發，結合文本和引導題，給出作者、受眾和寫作目的等信息，段末不忘記點題。

私人信函通常傳遞於親人和朋友之間，目的是表達對於對方的愛慕、關切、寬慰、感謝、祝福等情感。當然，為了達成情感傳遞的目的，寫信者常常會使用對方能夠理解和接受的語言，注入個人的情感，字裏行間流露出筆者的心緒和鮮明的風格。這篇來自傅雷於一九五四年四月七日寫給自己兒子的書信，就十分具有個人風格。作者試圖通過多種行文手法讓即將赴蘇留學的兒子了解學習外文的方法與平衡學科時間的重要性，同時不忘提點兒子做人方面的道理。在較為平易近人的語言中，能夠看出一個慈愛而肅穆的父親形象，同時作為讀者的兒子，也能夠從這些行文手法中體會到父親的深切叮囑。

首先，作者依據自己和收信者的關係，使用切合自己身份的語言，針對兒子的切實情況進行嚴肅而平等的表達，從中可以看出作者平易近人、不居高為傲的形象，有利於兒子理解並接受父親的叮囑。在一開始，作者就使用第一人稱"我"進行表述，並在回憶自己學法文的過程中不忘與讀者進行交流，"二十歲出國時，對法文的知識只會比你的現在的俄文程度差"，這樣的表達一方面表現了自己作為父親對兒子外文學習的關切，另一方面也讓兒子感受到自己不是居高臨下的指導，而是切實表達自己的感受，從而增強了兒子的自信心。緊接著，作者寫道："我認為目前主要是抓住俄文的要點，學得慢一些，但所學的必須牢記，這樣才能基礎扎實。"顯然，作者並沒有採用命令的語氣，而是用"我認為"，讓自己和兒子進行平等的交流。但同時，說到真切處，作者也會寫道："貪多務得是沒用的，反而影響鋼琴業務，甚至使你身心困頓，一空下來即昏昏欲睡。"一個嚴格的父親形象躍然而現，讓兒子能夠對這個問題產生嚴肅的認知，並著手修正。當然，作者似乎意識到自己語氣過重，又補充道："這問題希望你自己細細想一想"，又回到了較為平和的語氣之中，轉而給兒子自己選擇的機會，這是代際溝通中較為有效的方法。

其次，作者在這封信中能夠以豐富的個人經歷為出發點對兒子學習的問題進行回應，在行文中產生更多的理據，這能夠讓作為讀者的兒子更好地接受父親的囑咐和叮嚀，而不會反感和排斥。在第一段中，我們就可以清晰地看到作者使用自己在法國學習法文的例子，目的是讓兒子看到，"國外學語文，以隨時隨地應用的關係，比國內的進度不啻一與五六倍之比"。第二段，作者再次提到"你出國去所遭遇的最大困難，大概和我二十六年前的情形差不多，就是對所在國的語言程度太淺"，作者並非單純地給予指導，而是利用自己過往的事例作為理據，與兒子的現狀做對比，讓兒子看到一個講理的父親形象，從而較為容易地接受這些觀點。如果單純地輸出觀點和價值觀，兒子一定會覺得反感而嗤之以鼻。雖然此文中父親的舉例集中在第一段中，但這卻讓整篇書信讀起來既富有說服力，同時也蘊含著父親的關切之情。

要點一：考生先從書信的語言入手，該段從書信要符合雙方身份進而影響語言表述的特徵出發，舉例論證。

要點二：考生關注到信中所使用的例子，這些例子不僅與信函寫作者的個人風格相關，也側面表明了寫信者的身份。

要點三：語言風格需要加以關注，這包含了文章寫作技巧的運用。在這個方面考生做得不錯。

總結：在總結部分，考生能夠表達出信中有效的成分，當然最好還能有批判性的思考，例如此封書信的局限性等。

最後，作者行文中使用了具有關切性的語言與兒子推心置腹，在建立有效溝通身份的基礎上，也能夠產生強烈的代入感，讓作為讀者的兒子在讀信的同時不是一味地接受父親的叮嚀，而能體會到父親真實的關切。比如在第二段中，寫到兒子沒有提及在京學習理論的情況時，父親提出了自己的想法："我只知道你初到時國羅君患病而擱置""現在我再和你說一遍"，顯然作者沒有忘記此事。同時，他也急於向兒子再次表明自己的立場，因此言語中充滿關切。在第四段中，當兒子自己責備自己而沒有行動力時，作者寫道："生性並非'薄情'的人，在行動上做得跟'薄情'一樣，是最冤枉的，犯不著的。"這樣生動的說明，一方面肯定了兒子生性的優秀，另一方面也對行動上的薄弱提出關切。以上這些具有關切性的言語，一方面體現了作者作為父親的身份，同時也能夠讓兒子真正理解和接受。

總之，作者在行文中沒有單純地將道理和價值輸出，而是使用自身例子作為引導的開始，讓兒子避免先入為主的反感，從而建立溝通的機制。同時，關切性的語言一方面體現了作者的身份，另一方面也讓兒子產生一定的意識，對父親的叮嚀更容易接受。儘管已過去一個半世紀，但傅雷寫給兒子的書信仍然能讓我們看到一個嚴父急切和真誠的一面，平等的敘述也能讓我們看到更有效的親子溝通。

✏️ 綜合點評

此篇分析文章中，考生有效地理解了引導題的重點信息，同時十分明確文本所傳達的想法和意圖，結合文本的具體特徵以及作者個性化的寫作手法，作出了較為詳實和有條理的論述。考生對於書信的文體特徵有一定的知識基礎，能夠充分理解書信體的相關概念，特別是符合身份的語言以及有效溝通的方式等。考生的分析有理有據，深入且詳實，可見一定的功底。

私人信函流通於個體之間，主要功能是溝通情感，具有較強的私密性，通常會使用彼此熟知的表達方法和語言風格。因此，無論涉及什麼話題，情感互動是私人信函的主要內容。當然，本文也要考察寫信者在多大

程度上與收信人保持著類似的溝通方式，畢竟父親多次對兒子在京學習理論情況的詢問都沒有得到其主動回覆，這也表明了這種溝通方式可能在某種程度上會使兒子產生抵觸情緒。

 ## 三、本章小結

　　私人信函多多少少都帶有一些情感訴求，這些訴求直接影響著寫作者的意圖和表達方法，或體現在結構安排上，或體現在內容選擇上，或體現在語言風格上，等等。考生在選擇分析角度時，需要留意，私人信函可能會因不同的作者而產生不同的體例特徵。在集結成冊的書信集中，我們可以對作者的普遍風格進行一定的考察。當然，我們也要記得，像日記文體一樣，很多作家也會用書信體進行創作，這種文體間的交融會產生一種複雜的效果，如同小說裏的書信，既可以表明人物關係，同時也可以限定故事的人文環境。另外，私人信函也能夠營造一種真實的氣氛。這些都是私人信函文體本身具有的功能和特徵。

學習者檔案

11 私人日記

一、文體簡介

　　日記是指用來記錄其內容的載體，指每天記事的本子，或對每天所遇到的和所做事情的記錄。日記作為一種文體，屬於記敍文性質的應用文。日記的內容來源於我們對生活的觀察。因此，日記可以記事，可以寫人，可以狀物，可以寫景，也可以記述活動。凡是自己在一天中做過的、看到的、聽到的，或想到的，都可以是日記的內容。

　　日記屬於應用文體，日記的語言應具有樸實、簡明、清楚、具體的特點，這是事務性語言的特徵。樸實就是質樸誠實，不浮誇、不虛假、不矯飾。簡明扼要就是簡單明白，抓住要點，有甚麼說甚麼，不含糊其辭，不模棱兩可。平時怎樣談，日記就怎樣寫，也就是"我手寫我口"，這樣的語言明白如話，樸實自然。

二、例題

2006 年 6 月 28 日，陰。心情：恍惚

　　星期天晚上，我又一次做了那個經常會做的夢——我獲得了諾貝爾獎。但這次夢中事情卻並不順利……

　　……我們製作了幾部小有名氣的電影，比如《玩具總動員》《海底

由於版權問題，查看全文請
掃描二維碼，進入網絡資源。

092

總動員》。買下皮克斯時我花了 1000 萬美元，後來我以 75 億美元將它賣給了迪士尼。這個回報率還不錯吧？

選自《喬布斯的秘密日記》

註：美國《福布斯》雜誌資深編輯丹尼爾‧萊昂斯，假冒蘋果公司總裁史蒂夫‧喬布斯，通過多年來對高科技業的深刻了解，以及風趣幽默的文筆，把近年來高科技業的酸甜苦辣，都融入了《喬布斯的秘密日記》中。
此文本雖為虛構文本，但因其具備了"日記"文體的特徵，故在此視為非文學文本進行討論。

引導題

作者如何以諷刺的文筆、詼諧的語言風格，重現美國科技產業的真實狀態？

✎ 評論示範

美國《福布斯》雜誌資深編輯丹尼爾‧萊昂斯站在美國蘋果公司的創始人史蒂夫‧喬布斯的角度，撰寫了一篇名為《喬布斯的秘密日記》的個人日記，以日記這種極具個人特色的文體撰寫一篇具有文學色彩的文章。本文將探討作者如何使用大量文學技巧和語言風格，從多個角度展示喬布斯每天所面臨的壓力。

開篇：考生直接引用材料所給的信息，確定了本文將要討論的主題。社會語境在討論私人性質的文本中表達常常是缺失的。

首先，在文章開首，作者以喬布斯做夢夢見自己被誣陷抄襲的情節，開門見山地呈現了科技行業的領軍者所要承受的心理壓力。作者使用了用典的藝術手法，描寫了喬布斯夢見自己和比爾蓋茨一起被綁在十字架上。不難看出，作者是在引用《聖經》裏耶穌被人詆毀，在十字架上被處以死刑的故事。文章通過將喬布斯的心境與耶穌的冤死相對比，強而有力地展示了喬布斯與耶穌面臨的相同問題。再加上前文提到的，喬布斯先是夢見

要點一：考生以"情節設置"作為首先討論的要點，是因為考生了解到本文來自第三人稱的敘述，帶有虛構性質，所以選擇從小說文體的角度進行分析。

了自己獲得諾貝爾獎，接著便被綁在了十字架上，這一系列在喬布斯夢境裏發生的情節象徵，描繪了在科技領域中隨時能體會到的巨大落差感：喬布斯前一秒還在天堂，領取象徵至高榮譽的諾貝爾獎，後一秒就被污衊，被世人唾棄。作者對喬布斯夢境的描寫，符合日記作為記錄個人情感的文本特徵，從一個方面呈現了文本的"真實性"。

要點二：日記文體的表達手法豐富多樣，能夠自由地引用名人名言，這是日記書寫中個人表達的方式之一。

　　此外，作者還引用了名人名事，突出了喬布斯在科技行業這樣一個重視創新的領域裏面對的挑戰。比如，文章引用了海明威和畢加索——兩名著名創作者的言論，兩者不約而同地表明，"創作永遠都是新的戰鬥"，並不會隨著"年紀和閱歷的增長"變得"更加容易"。這與喬布斯在科技行業的親身體驗相互呼應。文章中寫道，喬布斯的"事業越來越難做"。與文本日記的體裁相符，作者透過喬布斯自己的視角和出發點，直接地向讀者傳達了在科技行業工作的不容易和艱辛。不僅如此，文章還特意引用了海明威和畢加索的死亡方式。作者以嘲諷的語氣寫道："這不，海明威將子彈射進了自己的喉嚨，畢加索死於一場鬥牛。"像是在說這兩個非自然死亡再尋常不過。作者以如此諷刺的口吻引出兩者的死亡方式，就是為了暗示人在創意需求極高的產業工作的悲慘下場。

要點三：對其他人物的刻畫也是小說類文本的分析角度。在這裏，考生繼續圍繞自己確定的分析討論焦點，討論了文本中次要人物的作用。

　　最後，文章通過對旁人的刻畫，間接地突出了喬布斯在日常生活中保持警覺的表現。文章細緻地描寫了一位在星巴克工作的女服務生對喬布斯圖謀不軌的行為。作者通過對女服務生"眼神迷離"和"眉目傳情"的描寫，生動形象地塑造了一個為權財而試圖吸引喬布斯的女服務生形象。接著，作者還描繪了喬布斯的"一個響指"是如何讓女服務生對他"動粗"的。"動粗"具有貶義，多形容為用粗暴的方式解決事情，在這裏則恰到好處地刻畫了女服務生為權財不惜出賣身體的形象，反襯了喬布斯作為有權有勢的人所處的窘境：不經意間就將有損自己的名譽和公眾形象。

總結與引申：考生很好地提出了本文作為日記文體的不足之處，日記體裁與文學類手法的結合，雖然帶來了意想不到的諷刺效果，卻失去了日記本身的功能性。

　　總而言之，本篇文章巧妙地以喬布斯本人的視角，探索了喬布斯作為蘋果公司創始人所面對的壓力和挑戰，同時打破了人們對富豪們悠閒生活的印象。但是，由於此文屬於他人杜撰的日記文本，所以作者在部分段落裏採用的語氣和語言風格過於誇張，不符合日記這一體裁的特點。縱觀全

文，前文中大量樸實且個人化的語言與文章結尾處高調羅列喬布斯個人成就的口吻格格不入，讓讀者失去了代入感。雖然這種寫法能夠突出喬布斯的個人形象，但卻讓讀者明顯感受到杜撰的性質，而不再能體會到文本作為日記體裁的真實性。

✎ 綜合點評

例題選文不僅界定了日記文體的書寫範圍和手法，也讓我們看到了其作為實用文體，當用於表現虛構場景或情節時，所呈現出的文學文本特徵。考生在評論中，能夠準確地抓住這一非文學與文學相結合的特徵，清晰地進行闡述描述，並在結尾處提出了批判性思考。

面對這樣一篇性質較為複雜的文體，考生捨棄了引導題中給出的關於文本"諷刺詼諧風格"的分析焦點，而選擇了"文學手法在日記體文本中的應用及其作用"為討論的重點。對文本主題的選擇突出了考生對於該文本語境的深刻理解，和對日記文本特徵的清晰認識。考生的行文結構邏輯縝密，抓住了用典、舉例和側面描寫三種具有文學性質的表達手法，層層遞進地分析了這些手法在文本中的應用及其產生的效果。整篇文章語言精煉、成熟，內容具有一定的深度。

三、本章小結

私人日記的目的是記錄自己每日的生活，儘可能地還原生活細節，以便日後重新回顧和品評。當日記被公開發表，則表明作者有意向公眾展示自己的生活細節，透露自己的心理活動，允許公眾窺探自己的心聲和隱私。當然，日記的風格因人而異，大體會遵循簡潔、清晰、具體等特點，表達方式上也多種多樣，可議論，可記敘，可抒情。總之，日記為個人服務。當然，還有些日記是由他人集結後發表或出版的。這種情況一般發生在作者過世以後。因作者的身份或某些特殊的貢獻，其日記具有一定的社

會價值，這時，日記文本就突破了其為個人服務的特性，而被賦予了社會屬性。

其實，像日記、個人信函等較為私密的文本形式，當被人發表於刊物後，就會打破非文學文本的壁壘，讓更多的受眾參與其中，了解寫作者的意圖，並成為供讀者欣賞文本、了解歷史的範本，如《傅雷家書》《胡適日記》等文集。而有些日記本文的創造性很強，甚至已經突破了日記文體的範疇，如魯迅的《狂人日記》，自然不能將其看作真正的日記。從某種程度上，非文學文體在文學文體中的使用，能夠打開文學創作手法的多元性，同時，引入新的觀點、視角以及手法能夠讓文學文本更具有非文學文本的特徵，兼具真實性和可讀性。

學習者檔案

學習者檔案

影視劇本

一、文體簡介

　　電影劇本是一部電影作品最完整的書面形式，包括對劇中情節、人物、佈景、舞台指導以及音響效果的詳細描述。通常，人們會根據電影劇本來導演電影作品，因此，電影劇本是合作電影作品的一個組成部分。電影劇本的功能服務於電影的拍攝，同時也為演員等電影參與者提供表演方向。

二、例題

朋友

李小汗可

人物：李明一（男主角，中國籍的中日混血兒），范飛（身材略胖，魯莽，孫大偉的死黨），蕭倪玫（愛國、積極、樂觀、有魄力、敢做敢當），孫大偉（愛國、熱血、有幹勁、敢於認錯）

……

獨白：知道這件事的人並不多，因此，不知道這件事的雖然好奇，也不對知道的加以太多的過問，知道的也把它藏在了心裏。其實，事情

並不像別人說的那樣，范飛只是替孫大偉背了黑鍋，孫大偉很是感激范飛，而我也就用了自己的最大努力跟老師求情。這正是為什麼我有了孫大偉、范飛這兩個朋友。至於具體的經過，就讓它永遠埋藏在我們的心中……我的故事講完了，但我的人生還沒有走完。我相信，只要有他們在我身邊，只要想到他們，我就一定會努力。他們，是我現在的朋友；他們也終將是我永遠的朋友！旭日當空，充滿無盡的激昂！

文章選自微電影劇本《朋友》
中國國際劇本網
http://www.juben108.com/
wdy_38018_1/

引導題

作者通過哪些語言技巧使文本呈現出鮮明的畫面感？

✎ 評論示範

學校生活常常是影視劇創作的題材之一，聚焦學生們的學習、友誼、煩惱等方面，往往呈現出一個純粹的校園環境和一種純潔的同學關係。本文是一個為微電影創作的劇本，劇名是《朋友》。作者通過四個場次，講述了中日混血的主人公李明一在學校遭受欺負並最終與欺負他的人成為了朋友。該劇本使用了多樣的語言技巧，呈現出較為鮮明的畫面感。但同時需要承認的是，作者在某些必要的語言信息方面做得還不夠好，從而影響了讀者的閱讀和理解。

首先，作者使用了大量動作類和表情類的詞語進行描述，使人物具像化，同時配合故事場景以及人物對白，讓讀者更容易了解人物的情緒變化

開篇：考生從校園生活入手，再結合此劇本的內容，回應了引導題。

要點一：考生關注到劇本的文體特徵之一 —— 具有動作性的語言。這類語言通常出現在劇本的對白中。這裏的動作性詞語包含在舞台指示性內容中。

和性格特徵。不難發現，作者在每個場次的台詞中間穿插了很多動作類和表情類的語句，例如第一場出現“鞠躬”“鼓掌”“用手拭了拭眼角”“鼻氣”“掌聲依稀”等語句，體現了主人公第一次登場時的受歡迎程度及其緊張的表情，很有畫面感。第二場出現了大量動作性語句，例如“放下手中的筆”“一把奪過筆”“一把拉住肩膀”等，表現了主人公李明一與范飛的直接衝突；而“衝向”“扶起”“一臉氣憤”則表現了蕭倪玫面對同學衝突時的正義感；“含滿淚水”“用手去抹眼上的淚”，則表現了李明一的委屈和受到鼓舞後化悲為喜的情形。後面的場次也是如此。通過動作描寫，作者不僅表現了人物的關係、情節的衝突，也使事件發生的經過更有畫面感，使讀者對人物的性格特徵有清晰的了解。

該文本有多處動作描寫，這是增強畫面感的重要手法。

其次，作者也在劇本的前中後三個部分加入了主人公獨白，在補充故事情節的同時，讓讀者也看到了一個樸素、平和又充滿包容的主人公形象，有助於呈現劇本的畫面感。開場我們就看到了主人公的獨白，這段獨白中有著主人公的心路歷程，從嚮往回中國，到感到生活不如意，再到遭受同學排擠，最後看到曙光，曲折跌宕，奠定了整個劇本的故事基調，也讓我們彷彿看到一個鮮活的主人公所正在經歷的成長的煩惱。第二場的結尾處，作者通過獨白展現了經歷衝突之後的主人公在面對新的同學關係時的心理變化，為接下來的情節做鋪墊。最後的獨白讓讀者看到了故事的轉折，也看到了一個充滿包容心的主人公最終收穫了真摯的友誼。這些獨白是劇本元素之一，也是劇本創作者常用的手法，讓讀者補足故事情節、了解人物心理活動，進而推動情節發展，彰顯故事主題。

要點二：考生從獨白入手，主人公獨白的主要作用就是補充故事情節，表現主人公形象。

最後，作者在場次安排上也具有個人的想法，為讀者呈現出完整的故事全貌，在彰顯友誼主題的同時，也幫助讀者理解故事的邏輯性與合理性。開篇通過人物介紹和主人公的獨白，讓讀者大體了解故事的起因。在第一場中，主人公受歡迎的場景也為接下來的同學衝突埋下伏筆。第二場即主人公與范飛的衝突場景，這讓主人公的情緒走向低潮，也為接下來的轉折做鋪墊。第三場則通過兩個同學間的對話暗示了范飛受到了處罰，但對話的信息並不完整，造成了懸念，讓讀者對接下來故事的發展產生期

要點三：考生從劇本結構展開，對劇本場次的安排及其邏輯進行了有效的討論。

待。最後一場同樣也是缺乏完整信息的場景，但通過主人公的獨白，表露出其與范飛等人成為好友的原因，最終圓滿的結局迎合了讀者的期待。總的來說，這種場次的安排較為常規，戲劇性並不突出。雖然邏輯合理，也向讀者呈現了故事的全貌，但是故事的呈現缺乏創新，中規中矩。

總的來說，這個短小的劇本所呈現的主題較為常見，人物間的衝突通過場次的安排、主人公的獨白以及動作類的詞語使用，較為清晰地展現給讀者，同時佈設了迎合讀者期待的大團圓的結局。當然，我們也要看到作者使用的手法相對單一，雖然能夠為讀者提供鮮明的畫面感，但無法使人眼前一亮，缺乏一定的創新性。

總結與引申：考生在肯定劇本有效性的同時，也進行了批判性思考，對劇本主題選擇以及內容創新性的不足進行了討論。

✏️ 綜合點評

對於這篇分析文章，考生能夠抓住較為明顯的劇本文體特徵，從動作類、表情類詞語的應用、獨白的設計和場次的安排三方面，針對引導題進行回應，條理清晰，表述準確。從分析中，可見考生對於影視劇本這一文體的理解比較到位，而分析的內容也反映了考生的邏輯思路，大體上符合分析文本的文體要求，語言也較為正式。

總的來說，這個劇本文本的可讀性一般。考生能夠在規定的考試時間內，遵循不同文本的特徵，給予基本的理解和分析，再通過有條理的行文進行呈現，確是不易。對於可讀性一般的文本，考生能夠從批判性角度進行評價，也更有利於獲得較高的分數。不足的是，考生對文本的批判性分析只在結尾處一筆帶過，有遵循套路之嫌，若能具體分析說明，則整篇分析文章的水平可達到更高的層次。

三、本章小結

　　影視劇本通常用於影視作品的拍攝，因此，劇本創作者要從劇本主題出發，合理安排不同場次的場景信息、人物對白以及可能使用的獨白等。學生閱讀劇本的機會不多，除非涉及戲劇表演，而劇本能夠提供的信息對於揣摩人物性格與演繹戲劇衝突有很大的作用。由於劇本無法提供具體的表演心理，只能通過對白和補充信息，來讓人物通過語言與動作呈現相應的心理活動以及性格特徵，這就要求作者要用符合人物身份的語言書寫對白，同時合理地安排場景，逐步揭示人物的性格特色等。考生要通過不斷的閱讀練習，體會不同劇本所呈現的語言特色，從而為考試可能出現的劇本文章分析做好準備。

學習者檔案

13 圖文漫畫

一、文體簡介

　　漫畫與圖文繪本，都是以圖畫為主要內容的文體。除圖畫之外，漫畫與圖文繪本常常輔以文字，內容包括信息說明、人物對白、擬聲詞等等。此類文本多用簡單而誇張的手法描繪生活或時事，運用變形、比喻、象徵、暗示、影射的方法，構成幽默詼諧的畫面或畫面組，以達到諷刺或歌頌的效果。

二、例題

（一）圖文繪本

幾米：《飛入雲端》，載《布瓜的世界》，遼寧教育出版社，2002 年版。

由於版權問題，查看全文請掃碼二維碼，
進入網絡資源。

引導題

討論作者如何利用排版與畫面，表達對問題的思考。

✎ 評論示範

　　繪本是繪畫藝術的一種，是通過描繪圖畫進行敘事的一種藝術形式。圖畫形式易於被讀者接受，因此比純文字文本擁有更廣泛的受眾。排版與繪畫作為繪本創作中具體的手段，其本質是對作品中各元素關係的處理。繪本作品中的元素包括構圖、顏色、字體等等。而關係，則是指它們之間的距離、大小面積、色彩搭配等。同一個故事，利用不同的排版與畫面進行敘述，效果是截然不同的。因此，要想將對一個問題的思考有效地傳達給讀者，作者需要正確且靈活運用合適的排版與畫面以達到預期的效果。

開篇：考生從漫畫作品的要素談起，開門見山，指出這篇文章討論的主要論題。

　　本繪本選自幾米的繪本集《布瓜的世界》，作品針對現代人無法"知足常樂"的普遍現象展開了思考。"知足常樂"，強調的是只有珍惜和感激現在所擁有的，人才會快樂。然而，現實生活中，生活水平的逐漸提高有時帶來的並不是對生命的珍惜，反之，人們常常會抱怨自己的人生不夠完美。此篇七格畫作創作於 2002 年，作者幾米不只是為兒童創作此文本，而是以一種純真無邪的畫面與語言，向不同年齡階段的受眾，表達對"知足與埋怨"這一問題哲理性的思考。

通過分析文本的整體特徵，點明作者所表達的個人思考。

　　首先，繪本直觀的構圖與畫格的佈置，鮮明地表達了作者對議題的思考和態度。作者使用了繪本中最為常見的長方形畫格，使每幅畫中的內容都能最大化地展現於讀者面前。同時，其工整的排序也構建了流暢的閱讀邏輯。繪本總共分為七格：六個排列整齊的小畫格和一個大畫格，從左至右，從上到下依次佈置，符合多數受眾的閱讀順序，使文本內容富有條理，更容易被讀者所接受。具體來看，六個小畫格分別講述了六位身體上

要點一：考生首先從構圖和畫格大小入手。

各有缺陷的人——失明的、失聰的、失聲的、失去嗅覺的、失去行動能力的和失去雙腿的。而在最後一格，作者則運用居中構圖的方式，將長著翅膀的小孩放在正中間，用於總結與昇華中心思想。這個小孩身體健全，卻想要一雙翅膀像鳥兒一樣飛翔。作者用這一格表達了現代人擁有了一切，心中卻仍有抱怨，仍想要更多的現實問題。第七格的畫面與前六格形成了鮮明的對比：多數健全的人，心裏想的不是珍惜自己已有的一切，而是抱怨，並要求更多。值得一提的是，這一畫格佔了更大的面積。一般來說，格子大小與表達故事情緒強弱成正比：小格壓縮情緒，大格放大情緒。作者使用了六個小格定下整幅繪本的基調，而在情緒高昂時使用大格，帶來了震撼感並強有力地昇華繪本主題——人們在擁有的同時仍在抱怨。

其次，本繪本的畫面內容巧妙地傳達了作者在生活態度方面的思考。在上方的六個小畫格中，作者生動地描繪了六個身體有缺陷，但也努力享受美好生活的小孩。比如第一幅中，雖然小女孩看不見，但她還是對著樹梢上的小鳥微笑；第三幅中，雖然女孩旁邊的小貓無動於衷，但她仍然放聲歌唱。這樣的畫面難免會讓讀者自省，當看到那些有缺陷的人都在努力活著並善於發現生活的美好，我們還有什麼可抱怨的呢？每個人可能都會有某方面的缺陷，不論是生理上的還是心理上的。對於許多人而言，眼下無聊乏味，甚至毫無希望的人生，也許正是別人夢寐以求的生活方式。因此，作者通過描繪六個樂觀積極的孩子的形象，富有創意地傳達給讀者"知足常樂"的道理。

最後，畫面中文字的使用也有效傳達了作者的所思所想。配合畫面，文本中文字語言的運用也獨具匠心。畫面中，作者以一些小細節來表現一些人身體上的缺陷：第一格中，對於無法看見的人，作者沒有直接用"盲人"二字，而是畫了一幅眼鏡遮住了她的雙眼，並用"無法看見美景"來暗示她的缺陷。這些充滿詩意的文字代替了冰冷生硬的"聾啞人""殘疾人""盲人"等字眼，不僅與漫畫文本的的特徵相符，還將這些殘酷的生理缺陷適度美化，配合著色彩鮮豔的簡筆畫風，讓讀者以一種直觀的方式感受到：人生即使再苦再累，我們仍然能夠發現生活中的美好，而那些困

難險阻並沒有想象中的那麼可怕，我們無需抱怨，而需要嘗試接受並樂觀地面對。

藉助上述手法，選篇有效地利用了排版和畫面，表述了作者對"知足與抱怨"這一問題的思考，且對讀者產生了一定的引導性。選篇中排版、文字與畫面的運用十分嫻熟，巧妙地將文字內容和圖畫結合在一起，沒有運用複雜的分鏡技巧，便有效地傳達了作者對現代人常有的不滿情緒及負面的生活態度所展開的哲理性思考。

總結與引申：考生指出選篇有效地表達了作者對所提出議題的哲理性思考。

✏️ 綜合點評

在語言與文學這門課中，考生對繪本的分析並不容易。該類型文本以圖片為主，輔以文字語言，稍不留意就會將畫作作為主體，進行單一的藝術解讀。

該分析文章通過語言透鏡，從繪本的排版與畫格的大小、構圖和文字三個方面進行了有理有據的分析，具體說明了文本是如何利用上述語言手段來表達作者對生活態度的思考。作者沒有著重分析繪本的藝術形式，而是清晰有效地討論了這些藝術特點對作者傳遞創作意圖的作用。文章從繪本文本的特點入手，以文字與圖畫內容巧妙結合的特點為結語，組織結構清晰，論證語言成熟老練。

（二）單篇畫作

老樹先生（劉樹勇）：《微博微信》，2015 年

引導題

試論文字與畫面的結合，如何生動地表達作者的所思所想。

✏ 評論示範

開篇：考生從文本的社會語境入手，開宗明義，點明文本的主題。

　　如今的網絡時代，都市的生活節奏越來越快，然而大多數人卻在忙碌之餘又沉浸於網絡和社交媒體的世界，沒有真正的休憩。信息化的社會裏，人們花費了大量時間在社交媒體上與他人閒侃互動，往往忽略了真正

可以調劑生活、讓自己休息的休閒時光。老樹畫畫的《微博微信》正是對於網絡時代中人們生活狀態的一次反思與批判。作品發佈於網絡平台，其受眾可以歸為頻繁使用社交媒體的網民；又因為作品發佈於微博平台，文本的具體受眾則是在微博上關注作者的用戶。此作品的形式與題字水墨畫類似，該文本的結構排版清晰，內容明確且貼近生活，其中心思想易於被受眾所接受，即從社交媒體中將自己抽離出來，清淨地享受生活的美好。文本通過畫面和文字的配合，表達了作者對現代人沉迷於社交媒體的思考。

首先，在整體的結構和排版上，老樹畫畫的繪畫風格和一般漫畫畫家有著明顯的差異。由於是單幅水墨畫，該文本的結構排版簡明且清晰。畫幅的排版大致可分為上下兩部分，文字與畫面被清楚地分割開來，但同時圖文二者所表達的意義卻又相輔相成，讀者可以從多種角度進行解讀。文本泛黃的背景顏色、豎排的文字排版突出了文本的年代感，讓人有種復古的感受。不僅如此，文本中古典的水墨畫風格、畫面中的紅印章也使文本的仿古意圖更為明顯。因此，文本的結構和顏色成功有效地表現出作者懷舊的感情色彩，為作者所表達的對過去自然簡單的"慢生活"的嚮往做了鋪墊，讓讀者在體察其獨特繪畫風格的同時，沉浸在作者的復古情緒之中。

其次，作者將輕鬆隨意的繪畫與文字內容相結合，表達了作者對現代人生活狀態的反思。作者的插畫十分隨意，線條較為粗糙，畫中的人物是老樹畫畫作品中的一貫形象——只有輪廓，身著華人傳統長衫，沒有細節，既代表了芸芸眾生中的每一個人，同時也是作者心中那個有著理想生活狀態的人，這有助於讀者代入自我，沉浸其中。人物以放鬆悠閒的姿態欣賞身邊的自然景物，同時放下手中的手機，悠閒地品茶，這種放鬆的狀態很容易感染疲勞一天的讀者，嚮往這種生活。右下角休息的貓則象徵著清閒舒適的生活節奏，人物背後的花草更渲染了農家田園的休閒氣氛，使整個畫面有種貼近真實生活的親和感，這種親和感同樣具有感染性。而這些圖畫與文字內容緊密結合，增加了文本中心內容的統一性，如"何如清靜呆會兒""或者喝杯清茶"和"盡量留出工夫陪陪那些鮮花"等。透過隨性的作畫風格可以看出，作者在這幅圖畫中更多地創造出了享受清閒的意

考生進而分析文本的原始語境：體裁、出處、受眾，並點明此篇文本的特點。

要點一：考生從文本的排版和顏色進行分析，指出文本的整體設計充滿懷舊情感。

要點二：考生從畫面與文字內容的結合方面，分析作者所要表達的中心思想，同時對文本細節進行了詳細的分析。

境和狀態，而非具體的事件。畫中的人物沒有五官，身旁的花朵以墨點的形式存在，這些都表明，畫中的人物是誰並不重要，重要的是擁有與畫中人物相同的心態與狀態，這種抽出本質的做法更容易表現作品的個性，以此吸引具有精神方面需求的讀者。總之，作者藉助這些手法，深刻地表達了對簡單、樸素生活的嚮往，同時鼓勵讀者減少在社交媒體上的投入，清閒地享受身邊的自然美，讓寶貴的時光變得更有意義。

最後，水墨畫的形式與現代網絡用語的結合，形成了風格上的反差。作者以代表了現代科技和傳統文化的意象之間的共存與碰撞，引發讀者對於現代科技對人們生活方式所產生的影響的反思，凸顯了現代社會的生活方式與作者的理想生活狀態的格格不入。作者的詼諧與幽默感體現在現代網絡用語的使用上，如“轉發”“裝逼”“吐槽”等詞語。與此形成鮮明反差的則是水墨畫的配圖，人物的服飾和文本整體呈現了水墨詩畫卷的效果。這成功引起了讀者對於現代都市生活的反思，以及對於過去簡單自然生活方式的嚮往。不僅如此，作者的語言風格與文字字體本身也有著一定的反差。繁體字的使用配合童趣稚嫩的字體，有一種古色古香且純樸的效果，使文本帶有一種陳舊感。而語言風格的口語化、現代語彙的使用，如“想想真是沒勁”和“多好啊”，則產生與讀者直接對話，試圖勸說的效果，從而拉近了讀者與作者之間的距離。同時，文字形式與內容的反差，凸顯了作者心目中生活方式與現實的衝突，反映了作者本身也很難以完全脫離現代的生活模式。而作者開頭的感歎：“多少寶貴時光給了⋯⋯”，體現了作者對沉迷社交媒體的愧疚，以及作者的現實生活與理想生活狀態的距離，這種富有個性的表述能夠博得讀者的認同，進而欣賞這種風格。

此漫畫以傳統水墨畫的風格、隨性的畫風以及詼諧的文字，營造出了清閒自在、純樸自然的生活意境，使讀者意識到在現代生活中擁有清閒隨性的心理狀態與生活狀態的難能可貴。這幅漫畫說不上是文字配畫還是畫配文字，兩者似乎平分秋色，卻巧妙結合在一起，互為映襯，表達了作者對現代人沉迷於社交媒體的思考。然而諷刺的是，作者的畫作本身發佈於微博，利用了社交媒體在更廣泛的受眾範圍內傳播。這使得作者對讀

者"遠離社交媒體"的勸導顯得有些矛盾，使作者的觀點缺乏說服力。因此，文本的傳播方式與文本內容在一定程度上產生了本質的衝突。

✎ 綜合點評

這篇分析文章緊扣提示題，從文本的排版、內容、語言、形式與整體風格幾個方面，細緻分析了畫面與文字的結合方式，剖析了作者如何利用這樣巧妙的結合表達其對現代人沉迷社交媒體這一現象的反思，及其對純樸自然生活的嚮往。

文章精準地把握了老樹畫畫作品的特點，指出此類文本與一般漫畫之間的不同。漫畫本是通過誇張變形的方式構成畫面，而此文本卻類似傳統的水墨題字畫。同時，文章對文本內容和寫作目的進行了全面的詮釋，表現了作者對於文本的深刻理解。作者在結尾指出此文本主題與所發表平台的矛盾與弔詭之處，使整篇分析文章有了新的高度。

三、本章小結

漫畫圖文類的文本分析，離不開文本排版、圖案、色彩，以及文字的運用，故此類文本分析提示題的考查也多在上述範圍內。考生在答此類考題時，首先要把握圖文作品的整體風格，體會文本所要傳達的主題思想。然後，再根據提示題組織分析文章。分析時，需要將圖畫和畫面視為一種語言，分析圖片語言的特點及其如何體現作者的創作目的，而不宜將圖畫與畫面放在藝術的範疇進行討論。

俗話說，一幅好的圖畫勝過千言萬語，這是有一定道理的。考生應精準地把握漫畫圖文文本所要表達的思想內容。一般來說，這類文本反映的是生活中的一種現象、一種生活態度。即使是一幅有故事情節的圖文作品，也常常表現了作者對生活的思考。所以，考生在做此類文本分析時，要有一定的敏感度，把握作者在字裏畫間所蘊含的思緒，這是取勝的關鍵點。

14

遊歷記錄

一、文體簡介

　　遊記是對旅行進行記錄的一種文體，通常採用記敘的表達方式，有時也採用說明、抒情等表達方式，因而具有說明介紹以及抒發情感的作用。現代遊記經常以軟文的形式出現在手機軟件或網絡媒體中，要依照遊記的出處、行文風格、手法等探討遊記的表達目的，進而探討遊記作為應用文體的作用和功能。

二、例題

城市的後花園

　　花蓮，位於台灣的南部，是現代繁忙社會的後花園，大概也是台灣最後的一塊淨土。抱著對花蓮種種期待，我們策劃了這次的旅程。煙雨蒙蒙的天氣，正值冷空氣來襲的時節。出發前，台北的天空又飄起了細雨，"這個旅程大概沒那麼令人期待了！"，我們心中這樣埋怨著。帶著期望與失望摻雜的複雜滋味，我們的花蓮之旅，就此展開！

如畫般的清水斷崖

　　感謝雪山隧道，讓台北到花蓮兩天一夜的旅程不再讓人望而生畏。近半個小時，在漆黑的隧道裏疾馳，每個人都已昏昏欲睡。忽然，遠處筆直射入眼簾的一道陽光讓大家都驚醒了：哇！是晴天！穿越了隧道，離開了台北，另一頭是東部的海岸，是燦爛晴朗的陽光、湛藍的天空，還有一望無垠的海洋。這次的旅程，是上天給我們最棒的禮物。

　　蘇花公路的清水斷崖是被世界旅遊雜誌評為最美公路之一，但對我來說，並沒有之一。公路蜿蜒曲折，時而緊臨斷崖，時而穿梭於群山之間的隧道。沿途隨便聚焦，就是一張"大片"：飄著白雲的天空、唱著

民歌的海洋，還有那高聳如雲的山峰。每一處轉角，都讓我們這些來自都市的人，讚歎不已，驚叫連連。大家控制不住地狂按快門，貪心地想把這美麗的景致全部收藏在自己的記憶寶庫裏。

　　花蓮之行，太魯閣是必遊之地。太魯閣峽谷是大自然鬼斧神工的傑作，只有親臨現場才能體驗到大自然帶來的震撼，即使是獲獎的攝影作品，也無法表現出它十分之一的魅力。燕子口是每個人在國小國語課本中必讀的一課。"燕子口"之名，是因此處與中橫公路之間為立霧溪，溪水經年累月沖刷著兩側的大理石，於是形成許多奇形怪狀的洞穴，引來很多燕子在這些天然的穴洞裏築巢而居。然而近年來，因為中部橫貫公路的拓建，以及成千上萬遊客的到來，驚擾了燕子的正常生活，此處燕子的數量已大不如前。如今，偶有幾隻燕子穿梭其中，只剩下岩壁上的洞穴蔚為奇觀。

遊人在此地合影留念

　　太多慕名而來的遊人，使太魯閣一帶交通常年混亂堵塞。太魯閣國家公園管理處為解決此問題，規劃新開鑿兩座隧道，並且興建一座橋樑，讓車輛在隧道中行駛，遊人則在以舊公路改成的人行步道上漫步。如此細心周到的改建計劃，使遊人能在步道上欣賞絕美的峽谷風情。

由於時間較緊，這次的花蓮之行只能走馬觀花，但卻拓展了大家的眼界。我們都意猶未盡，約好了下個假期還要同遊這美麗的世外桃源。

文章改編自《後花園遊記》
https://np.cpami.gov.tw/

引導題

文本如何通過謀篇佈局（行文結構、圖文並茂、語言技巧）來達到宣傳的目的？

✎ 評論示範

在現今社會中，由於社會風氣推崇物質享受，人們總是為了賺錢而疲於奔命。很多時候，因為人們無法或者畏懼於停下甚至慢下腳步，所以身邊的風景都被忽視了。正是因生活的枯燥和忙碌，人們更應該合理安排時間，適當地享受當下。有鑒於此，一名台灣遊客在網上發表了名為《城市的後花園》一則遊記，記錄了作者在花蓮旅遊的過程。以下，本文就作者如何通過行文結構、圖文結合和語言技巧來達到宣傳、鼓勵台灣民眾去花蓮遊玩的目的詳加分析。

開篇：從當下的社會語境出發，引出文本類型和功能等。

首先，作者通過先抑後揚的行文結構，突出了花蓮的優美景致與其治癒人心的魅力，使讀者倍感興趣。在文章開頭，作者先是著重描寫了台灣天氣的不佳及其使遊客心情低落的效果。文首聚焦於天空，"煙雨蒙蒙"的天空和下起了的"細雨"不僅交代了故事發生的場景，還渲染了低落的氣氛，讓讀者為遊客們的旅行暗暗擔憂。接著，作者使用了心理描寫："這個旅程大概沒那麼令人期待了！"，以及具有預測性的"大概"等心理詞語，否認了這次的旅程可能會帶來的積極效果。然而，作者之所以極力營造一種負面的氛圍，就是為了突出後文出現的優美景致以及遊客見到景色後激動的心情，從而形成強烈對比，進而彰顯花蓮的神奇魅力，即化消極為積極的力量。而在文章結尾處，作者透露了下一次行程的安排，暗示著去往花蓮這個城市後花園的便捷，以鼓勵本就按捺不住的讀者動身前往。由此

要點一：考生首先從整體結構入手。記敘結構的安排是具有散文特徵遊記的常用手法。

可見，作者對文章謀篇佈局的巧妙安排，有效達到了吸引讀者的目的。

接著，與遊記前兩段隱晦低落的敘述形成鮮明對比，作者對花蓮的景致和遊客對花蓮的著迷進行了細緻刻畫，突出了花蓮的魅力。作者先是對花蓮的環境進行了描寫，"燦爛晴朗的陽光、湛藍的天空，還有一望無垠的海洋"，三個具有正面象徵意義的事物，與前文惡劣的環境形成了強有力的反差，使人將花蓮與積極的特徵相聯繫，對其心生好感。此外，作者還運用了圖文結合的表現手法，展示了人們心情的轉變。作者特意將一張遊客站在景點拍照的圖片安插在文章中，與刻畫人們對景色的癡戀的語句相呼應。作者還使用了誇張的心理詞語，如"控制不住""貪心"等，塑造人們因為景色怡人而略失理智的形象，側面烘托了花蓮的魅力。作者很好地結合了圖片與文字，通過搭配圖片，將文字更為生動形象地呈現給讀者。因此，作者通過分別描寫去花蓮前的失落和到達後的歡喜，通過對比遊客的反應，突出強調了花蓮之美。

最後，作者採用遊記的文體特徵，即按照移步的順序和時間順序描寫這次花蓮的遊歷。雖然是在介紹自己的體驗，但是客觀上也為讀者提供了一條旅遊線路，達到旅遊攻略的效果。文章開頭先從雪山隧道寫起，再到蘇花公路的清水斷崖，最後到太魯閣，一路所見有隧道、山、海、峽谷等。遊歷的順序是按照移步的順序來進行的，在呈現真實的遊歷體驗外，也讓讀者體會到了這條遊歷線路的精彩之處。通過公路行的方式穿越花蓮的幾處景點，有機會體驗作者所體驗的精彩，對花蓮地區這些富有標誌性的景點的宣傳也有著積極的作用。此外，在文章結尾處，我們也看到了一個變化，即燕子口處交通的改善。太魯閣國家公園計劃新開鑿兩座隧道，並興建一座橋樑，讓車輛行駛隧道，遊客則以舊公路改成的人行步道為主。這些信息的補充有利於計劃來花蓮旅行的遊客選擇更為合適的出行方式，從而更好地欣賞美麗的景色。

總之，作者以遊記的形式成功地宣傳了花蓮，達到了鼓勵台灣民眾前往遊玩的旨意。但美中不足的是，作者對圖片、視覺元素的使用並不充分。考慮到刊登文本網絡平台的特點，作者可以配合文本增添更多的圖

片，使偏好淺閱讀的現代受眾——網民更好地接受作者的旨意。

✎ 綜合點評

　　這篇分析文章，考生能夠先從文字文本的語言結構著手，進而對遊記散文性的細節描寫進行分析，最後從遊記文體的功能方面，結合語言和內容安排進行分析。總的來說，此文的分析行之有效，內容有條有理，並具有一定的批判性思考，對遊記文本的理解也比較到位。

　　考生能夠根據文章出處，敏銳地洞察到文本中所蘊含的宣傳目的，並探討了遊記如何利用其特點，來影響目標受眾。考生在肯定這篇遊記成功達到宣傳目的的同時，也指出了在當代文化語境下此文的不足之處，即對圖片等非文字語言使用的不足。這充分說明考生對於"遊記"這一文本的認識與了解已經到達了一個高度。

三、本章小結

　　隨著時代的變化，遊記已經從古代的純散文性文體，慢慢發展為如今在商業環境中具有推文性質的文體。現代人把旅行作為一種生活體驗，在不同平台中發送遊記的主要目的是分享，這對於一般受眾而言具有一定的參考性。某些特殊平台上的遊記還具有廣告的屬性。另外，讀者在閱讀遊記時的基本需求是娛樂和參考，因此，考生在分析遊記文本時，不要忘記分析讀者的需求。

　　在分析遊記文本時，考生大體上可以先從遊記基本的創作手法著手，再去探討遊記所附加的參考功能。此外，考生需要留意的是，作為應用文體的遊記，同時還附帶著廣告宣傳的目的，因此，它同時還具備博客等文體的屬性，即在向讀者分享自我經驗的同時，也為讀者提供旅遊攻略。這是分析應用文體時普遍應考量的角度之一。

15

人物訪談

一、文體簡介

　　人物訪談是對新聞人物進行的採訪活動，往往採用個別訪問的形式，對象一般是在社會上已產生影響的著名人物、先進分子以及典型個體。採訪前要搜集有關資料，對人物的經歷、事跡、性格、愛好、特點做初步了解。採訪中必須注意抓住重點，發掘一手材料，掌握必要的細節、引語和軼事，並深入了解人物的思想活動與精神境界。在可能的情況下，記者還應對人物的親友、同事、領導以及某些知情人進行補充採訪，進一步了解採訪對象的有關情況，同時對人物的自我介紹進行核實和補充。

二、例題

對話
dialogue

專訪易立競：
新聞是過眼雲煙，人性是永恆 (全文)

　　易立競：《南方人物週刊》主筆。從業 11 年，曾任社會新聞記者、財經記者、文化記者。作品有《病人崔永元》《催淚朱軍》《李亞鵬：我

不是個放浪形骸的人》《趙本山：上春晚我並不快樂》等。曾經出版書籍《中國導演訪談錄》，最新作品為《中國演員訪談錄》。

易立競：如果不出意外，應該出版我"中國訪談系列"的第三部，暫定為《中國明星訪談錄》。裏面會收集我任職於《南方人物週刊》以來自己比較滿意的作品，比如《病人崔永元》《催淚朱軍》。這兩篇稿子就是看點。一位明星在五年前接受我的採訪時說："我們台一個主持人在做談話節目，採訪一個藝術家，這個藝術家很投入，很忘情，主持人也在現場號召大家向他學習。"這篇文章出來後，大家都把矛頭指向朱軍，認為他就是文中所指的主持人。五年後，朱軍接受我的採訪，對這段往事做了回應。……

由於版權問題，查看全文請掃描二維碼，進入網絡資源。

引 導 題

採訪者通過哪些提問技巧和行文方法表達此文本的觀點與基本傾向？

✎ 評論示範

　　專訪一般以"對話式訪談"的形式進行，因為"對話式"保證了訪談雙方的"平視"，也事先設定了"隨意"的氛圍，有利於被採訪者在輕鬆平等的交流空間裏暢所欲言。通常，專訪中的採訪者和受訪者會有不同的目的：採訪者會通過引導話題獲取獨家新聞，而受訪者既然接受了採訪機

開篇：通過對專訪文體形式的討論，指出採訪者的技巧在此文體中至關重要，同時介紹本文的目的、受眾等信息。

會，則會利用曝光的機會達到自我宣傳的目的。文本"新聞是過眼雲煙，人性是永恆"為"對話"中對新聞記者易立競的專訪。從中，我們可以推斷採訪者的目的為挖掘受訪者自身的獨特性，同時也兼顧話題的製造。而從內容上看，文本的受眾大概率是偏文藝的中青年人。

首先，我們將分析作者是如何利用問題的順序和結構使專訪顯得更加真實。標題中的"（全文）"二字會讓讀者認為此專訪沒有任何刪減，有貨真價實之感，而把受訪者的名字放在標題中也同樣能給讀者更多透明感。從整體的提問順序來看，作者首先通過以被訪者為中心的基礎問題，如"什麼時候開始寫作""什麼時候更有靈感"，在降低被訪者警惕心的同時建立被訪者的人設，讓讀者在短時間對被訪者有一個初步的了解。而在採訪的後半段，問題的內容則轉向被訪者的想法，且更具針對性，如"你覺得""你最討厭""你會選哪一種"等等，在為讀者提供更深層次的了解的同時，也發掘一些比較有爭論性的話題，從中窺測被訪者的內心。因此，文本的結構使採訪具有真實性的同時，也在引導被訪者的思路。

不僅如此，作者採訪時所使用的措詞能更進一步地建立被訪者的形象。一開始，作者問題中所使用的"高尚""純粹""文藝範兒""忠於自己"等詞帶著作者自身對被訪者的觀點，並讓讀者在潛意識裏默認這種觀點，一方面可以讓讀者了解採訪所奠定的基調，一方面也讓讀者對作者所給出的界定有在觀念上有所保留。接著，作者刻意留下被訪者的"（不置評）"，更是迎合了作者提到的"純粹"，進一步營造被訪者單純的、自我的文藝工作者的形象。因此，作者的措詞很好地讓讀者意識到被訪者性格的獨特，使專訪更精彩，更具吸引力。

最後，我們將分析作者如何使用提問技巧進一步發掘信息。文中，作者通過"都說有文藝範兒的人都有些孤獨情結，你什麼時候最孤獨？"這個問題，暗示了被訪者具有文藝範的特點。不僅如此，"作為一名文字工作者"這句話契合了被訪者視寫作為"寫字"的觀點，使被訪者意識到採訪者其觀點的關注，從而對採訪有進一步的信任。而最後在"給我們讀者講講"這句話中，將採訪者自身歸為"讀者"群體，使被訪者意識到採訪

者對其作品的欣賞，從而作出積極回應。從被訪者結尾長篇幅的回答來看，作者成功達到了發掘信息的目的。

總的來說，作者較好地通過各種手段達到了發掘信息的目的，並同時使採訪變得獨特，達到吸引讀者的效果。然而，採訪者有時對被訪者底線的試探顯得過於明顯。例如，對於"最討厭的女人類型"這一偏離被訪者記者身份的問題，被訪者表現了一定程度的迴避。採訪者對於與主題偏離的，與娛樂圈相關的問題上的試探顯得過於明顯，使有些採訪內容顯得不專業。

> 總結與引申：總結部分回應了引導題，並提供了不同角度的觀點。

✎ 綜合點評

總的來說，針對這樣一篇專訪，考生能夠很好地專注於文本的呈現技巧，從作者所採用的採訪結構、問題順序的設置，到採訪時所使用的措辭安排，再到問題設置的合理性等多個方面進行了有效分析。比較好的地方是，考生能夠一直關切讀者的感受，對文本的分析不只停留在內容上的達成，更深入地探討了文本給讀者傳遞的閱讀感受，這是在做試卷一時應該具有的基本意識。

另外，我們也要看到，考生的分析也觸及了作者想要呈現的採訪效果，即塑造一個自我的、個性的文藝工作者形象，讓讀者了解到一個真實的新聞工作者及其內在想法。但是我們也看到考生似乎沒有特別討論作者記者身份的傾向，以及如何通過訪談製造話題等，這些方面還可以進行一定程度的分析評價。但無論如何，這是一篇當堂完成的分析文章，其思路清晰、文字成熟，不失為一篇優秀的文本分析範文。

三、本章小結

　　有別於新聞文本中"人物特寫"類型的文本，人物專訪的文本多數是以採訪實錄的方式呈現的。採訪實錄的形式看成似局限了作者個性化觀點的表達，但後期的排版和編輯能夠打破原有框架，呈現出具有作者鮮明視角的文本。作者採用了什麼樣的問題順序和採訪結構，同時如何使用問題設置的技巧，以及在採訪的同時如何減緩被訪者的防備心等，這些方面的綜合應用，可以展現出採訪者希望受眾感受到的受訪者形象，並借由媒體的影響力製造更多的話題討論，從而影響受眾。

　　當然，現在的人物訪談文本常常配以圖片等內容。當這些視覺語言出現在文本中時，考生也應將其納入分析的內容與對象，不可輕易忽略。

學習者檔案

學習者檔案

16

傳記文章

一、文體簡介

　　傳記是一種文體,主要記述人物的生平事跡,通常由他人對某類人物的生平進行記述。此外,也有個人對自己進行的記述,這一類通常稱為"自傳"。傳記的取材通常來自書面或非書面材料,如口述或調查等,寫作傳記的人會截取其中可用的材料進行收錄。傳記與歷史密切相關,因此某個歷史時期的傳記通常被視為史料,因此傳記的內容需基於歷史事實,即便是文學類的傳記,也有別於小說等體裁,紀實性是其關鍵特徵。總的來說,傳記的功能是為讀者提供所傳人物不為人知的經歷,及其與歷史相關的人生和生活細節,目的並不旨在表現其不凡與偉大之處。若以此為目的,將會給讀者帶來反感和不適等閱讀體驗。

二、例題

節選自艾芙・居里:《美麗的顏色》,《居里夫人傳》,北京燕山出版社,2005 年版

美麗的顏色

艾芙・居里

　　婓蒙路的棚屋,可以說是不舒服的典型。在夏天,因為棚頂是玻璃的,棚屋裏面燥熱得像溫室……

　　……她永遠記得看熒光的這一晚,永遠記得這種神妙世界的奇觀。

引導題

文本利用哪些敘述手法，表現主人公的性格特點？

✎ 評論示範

　　隨著許多對世界有著傑出貢獻的人離開人世，他們的相關事跡和個人影像往往通過他們的傳記流傳於世。通常來看，傳記體文章或由立傳者本人在世時親自撰寫，稱為"自傳"，或由他人代為撰寫。無論何種形式，其目的都是為讀者提供一個真實的人物及其真實發生的故事。同時我們也要看到，由他人撰寫的傳記，通常也具有撰寫者鮮明的個人風格以及傾向。本篇《美麗的顏色》為已逝女性物理學家——瑪麗·居里的傳記，由艾芙·居里撰寫。作者試圖借用文學的敘事手法，包括敘述場景的營造、敘述語言的引用以及敘述事件的還原等方式，向關心和想要更多了解瑪麗·居里的讀者提供較為真實的敘述，同時體現一代女性物理學家在鑽研科學時所具有的浪漫主義情懷。

　　首先，作者借用傳記文學的特徵，通過環境描寫，營造了一個較為真實的敘述場景，目的是為了傳達所寫人物不畏困難、樂觀積極的性格，讓讀者真實了解瑪麗·居里的科研條件，進而了解科學家不為人知的一面。例如，開篇我們就看到居里夫婦煉製瀝青鈾礦的棚屋，"在夏天……燥熱得像溫室。在冬天，簡直不知道是應該希望下霜還是應該希望下雨"。這些環境描寫一方面通過第三方敘述，真實展現了研究場所的艱苦環境，另一方面也從側面展現了作為傳記主角的瑪麗·居里毅然選擇在此種環境下鑽研

開篇：從傳記文體的功能出發，聯繫到此篇文本分析的引導題，概述了接下來將討論的要點。

要點一：環境描寫是敘述內容中較為重要的一種，其目的不只是還原當時研究環境之惡劣，更在於突顯主人公不畏困難的性格。

125

科學的決心，從而體現其內在品質及鑽研精神。這為讀者提供了除主人公科研工作本身以外的信息，通過細節及環境描寫，還原了傳記人物生活和工作的場景。在平實的敘述中，讀者能夠被感染，進而增強了文本的可讀性。

要點二：直接引用主人公的原話是傳記文體基本的方法，但同時也要考慮作者引用時的主觀性，這包括引用的目的，引用的語境等。

其次，第三方傳記作者大量引用所傳人物的原話，這些引用符合傳記文體的敘述語言，為讀者展現了真實、富有感染力的傳記人物。例如，在描寫研究場地的惡劣環境後，作者引用了兩段瑪麗·居里的原話，話中充滿積極性的詞語，像“感謝”“吸引”“極大的寧靜”“舒服”等等。這些引用直接傳達了傳記人物的內心感受，在為讀者提供真實信息的同時，也讓讀者感受到了瑪麗·居里積極樂觀的心態。讀傳記，不只是了解曾經發生的故事及其細節，更重要的是從傳記中能夠看到人物的品質，以此對個人的人生道路有所啟發。當然，作為讀者，也許更在意的是文本的客觀性。因此，引用在實現內容客觀性的同時，也存在引用目的的主觀性，這需要作者進行平衡與考慮。

要點三：傳記文本要想增加文本的可讀性，就會使用略帶虛構的敘述手法，對事件的具體細節進行必要的補充。

最後，作者進行了較為細緻地敘述，以還原相對真實的故事場景，藉此向讀者呈現人物相關事件的細節，從而使讀者體會到主人公鮮為人知的性格特點。在後面的段落中，作者記敘了居里夫婦在忙完一天之後，“沿著這個遠離市中心的街區的熱鬧街道”去溜達的場景，以及在實驗後期瑪麗·居里發現鐳元素時的場景。這些場景客觀而言並不能精準地還原，尤其當他人為其立傳時。而在這裏，作者顯然使用了文學敘事手法，通過細節描寫等方式，試圖向讀者還原相對真實的事件面貌，讓讀者體會到主人公面對艱苦實驗時所具有的浪漫情懷，以及面對實驗結果時純真的表現等等。文學的表達手法自然可以達成一定的效果，但同時也需要考慮其呈現的真實性。畢竟，記述者並非主人公本人，讀者在閱讀此類傳記體文章時，會對作者的真實動機產生懷疑。

總結與引申：考生指出了傳記體文章中可能存在的值得討論的課題，並進行了批判性的評價。

總而言之，這篇傳記體文章採用了相對文學化的敘述手法，使讀者在人物生活的歷史環境裏、在人物對待周遭真實的表達中，及其可能經歷的真實事件中感受作者創作時的用心。作為讀者，閱讀此篇傳記時能夠讓我們深刻體會到主人公的內心。當然，部分文學化描述的意見，一直以來都是見仁見智的，是否所有的語言文字都必須具有真實性，這點仍值得商榷。

✏ 綜合點評

　　此篇分析文章，緊扣引導題中的關鍵詞——敘述手法，對文本所呈現的具體特點作了較為細緻的分析，條理清楚，論證有效。文章中部及結尾也對文章的某些敘述手法進行了批判性地評價和分析，較為中肯。

　　考生能夠領會文本所要呈現的人物形象特徵，並有效地揭示了作者所使用的敘事方法與技巧對文本寫作目的的影響，討論了這些敘事方法與技巧與傳記文體本身特點的關係。考生清楚地指出了傳記體文章的作者，在追求文本的真實與客觀性的同時，必須意識到文本可能存在的主觀性，有節制有目的地使用一些文學技巧。此篇分析文章的語言老練成熟，論述層層推進，是當堂寫作的滿意發揮。

三、本章小結

　　非文學文本的傳記文章，與文學文本類型裏的傳記其實並沒有太大的界限。鑒於傳記的撰寫者可以是本人或第三方，其語言風格、選材角度不僅表明了作者和主人公的關係，同時暗含了作者對所傳者的主觀立場。撰寫此篇傳記文本時，作者不免會帶有一定的主觀情感，這裏可以從作者行文中對主人公相關經歷的敘述手法和語氣中察見。一般來說，傳記文體力圖呈現真實性和準確性，同時，引用主人公的原話、還原人物相關歷史事件，都能為讀者提供較為客觀的語言風格和觀點，而文本中部分文學手法使用，一方面使文本更為生動，另一方面也會使讀者對其真實性產生懷疑。在分析傳記文體文本時，要率先考察作者所希望呈現的主人公形象，進而考察其敘述方法，包括記敘手法、敘述角度等等。此外，也要考察文本中出現的圖片。許多傳記文章常常會使用具有時代特徵的圖片來為人物所處環境提供更為清晰、具體、準確的信息，這也可以是考生考察和關注的方面。

17 回憶記錄

一、文體簡介

　　回憶錄是一種創造性的非小說類型，通常採用敘述的形式，講述了作者的生活經歷。雖然回憶錄可以被認為是一種自傳式的寫作方式，但是他們的記述往往更多地關注作者目睹的內容，而不是其自身的生活、性格和自我發展，這成為它與自傳體的主要區別。回憶錄是關於一個人如何記述自己的生活的文體，而自傳呈現的是歷史，需要對時間、事實等進行核實。在回憶錄中，作者只需對其經歷進行主觀陳述。

二、例題

由於版權問題，查看全文請掃描二維碼，進入網絡資源。

節選自《李光耀回憶錄（1965-2000）：經濟騰飛路》

走自己的路

　　我們眼前困難重重，生存機會非常渺茫。新加坡不是自然形成的國家，而是人為的。

　　這一切安排令我倍覺不安，也凸顯了建立一支軍隊來保護這個脆弱的獨立國的迫切性。

　　……

作者運用了怎樣的語言技巧使該文本具有文獻價值？

✎ 評論示範

　　曾經經歷過風雨的歷史人物，在晚年時往往會以回憶錄的方式呈現自己經歷過的時代，以及對歷史事件的親身見證。與自傳相比，作者通過回憶錄，能夠更好地提供自己的視角，不必受到歷史客觀性的限制，語言表述上可以更具個人特色。這篇選自《李光耀回憶錄》的回憶錄文章，正是新加坡前總理李光耀在晚年時期對新加坡建國初期時光的回憶，通過對自己和國家當時所遇到的困難的描述，親自講述自己的心路歷程，讓讀者能夠從一個國家領袖的視角了解不為人知的歷史。在這篇分析文章中，筆者將對作者採用的語言技巧進行探討，包括宏觀敘事視角的使用、富有個人情感色彩的詞語選擇以及自身心理活動的真實呈現，從而探討此文在歷史文獻方面可能呈現的價值。

　　首先，作者採用了較為宏大的敘事視角，為讀者了解新加坡建國初期的歷史環境提供了權威的話語，也為歷史研究者提供了史料之外的個人見證，從而佐證了歷史的真實性。作者從一個政治家的視角探討了新加坡建國初期的困難，這些困難包括國內的百廢待興，也包括複雜的國際環境。作者使用"中國""英國""英屬印度""荷屬東印度群島"等表述，為讀者提供了更為宏觀的敘事視角，讓讀者感受到作為政治家的作者在思考國家前途命運時所做的努力。作者幾乎大半個人生都圍繞著新加坡的國家治

開篇：從回憶錄的文本特徵展開，聯繫文章的作者與寫作目的，引出這篇分析文章將要討論的要點。

要點一：考生首先從敘事視角方面來分析，指出作者的身份影響了其敘事視角，而宏觀的特定敘事視角配合了回憶錄的個性化特徵。

理。在這篇文章中，我們也看到了國家治理背後國家領袖的國際視野，這也成為了回憶錄體文章的史料價值，為歷史學習者了解新加坡的歷史提供另一種視角。

要點二：考生接著從語言方面分析，回憶錄中不免有作者個人情感的表露，這些真實情感利於讀者更好地了解真實的敘述者，也為歷史愛好者提供了真實的個人視角，有一定的史料價值。

其次，作者使用帶有個人情感色彩的詞語，在回憶歷史時刻的同時，表達出自己對不同人物和群體的個人情感，同時也將這種情感傳遞給讀者，使其體會歷史中不同的人物形象。例如，作者會用"狂熱""防不勝防""威脅"等表述形容種族主義者，用"理智""深謀遠慮"等詞形容共產黨人，作者在此明確表明了對種族主義者和共產黨人的評價，使讀者從側面了解當時出現在新加坡政壇的群體。另外，作者還使用了"忠心耿耿"來形容其內閣秘書，表達對下屬工作的肯定，也表明他與同僚的關係的融洽。對於辜加警察，作者採用了"中立者""他們以絕對的紀律和忠誠著稱"的評價。總之，作者在回憶錄中，也會對相關人物或群體予以評價，讓讀者在閱讀過程中有更多的面向，為歷史學習者提供更多的史料。

要點三：回憶錄本身是由心而發所作，而作者在這篇回憶錄中使用了較多的心理描寫，毫不避諱地表露了自己的內心活動，這也是值得分析的要點之一。

最後，作為回憶錄的主要手法之一，作者的心理描寫較為豐富，使讀者對其心理歷程有著全面的了解，並為其在國家治理方面的付出予以理解。作者在開篇寫道："我們眼前困難重重，生存機會非常渺茫"，讓讀者心頭一緊。緊接著，作者又寫道："我從沒想到自己在 42 歲的時候，得負起管理獨立的新加坡的重任"，使讀者體會其工作不易。接下來，作者連續使用"使我更覺得沮喪的是""我擔心的是"，足以體現面對重重困難時，作者與普通人相似的真實反應。困難不僅來自國家治理，也來自家庭。受當時居住條件限制，一家人要忍受"像是牢房"的生活。在結尾處，作者表達了一切的安排都令他"不安"，這些真實的心理活動不僅讓曾經處於高位的政治家拉近與讀者的距離，同時也從側面凸顯了時局困境，增加了讀者繼續閱讀、了解紓困[1]策略的興趣。

總而言之，在這篇回憶錄中，作為政治家的作者能夠集中筆墨，從宏

1　紓困：緩解困難。"紓"是舒緩、緩解的意思。困，可解釋為困苦、苦難。

觀角度敘述脫離馬來亞的新加坡所遇到的困境，同時毫不避諱地將內心的真實反應表達出來。此外，作者對歷史進程中出現的相關人物給予了真實的評價。通過這些內容的敘述，不僅讓讀者了解了相對真實的歷史，更重要的是產生對作者的理解和尊敬。當然，此文本如果能提供一些圖片，便能更好地吸引讀者，如關於各類報紙對新加坡的報道等，配合展示相關的圖片，能夠使此篇回憶錄更具文獻價值。

總結與引申：結尾部分既有總結，也有建設性的評論。

✎ 綜合點評

這篇分析中，考生抓住了回憶錄的通用手法，如個人視角、富有個人色彩的詞彙以及心理活動的描寫，對文本進行了較為有效的分析。考生能夠準確把握並詮釋了這篇回憶錄節選的含義，清晰地表明該文本的寫作目的，即不只是作者個人的回憶，更會在全社會產生積極的教育作用。

當然，考生也可以從敘事結構的安排進行分析，同時還可以對回憶錄語言的生動性予以闡釋。除了分析文體特徵的共性之外，考生還可以考察文本呈現的個性特徵。作為以敘述為主的回憶錄文體，通用的敘述手法也是不可忽視的分析角度。如今，圖像語言的使用也常常是各種文體的策略和技巧之一，考生對此亦有所提及。

三、本章小結

回憶錄文體與自傳類文體常常會有比較相似的特徵，例如都使用了第一人稱視角敘述，都採用了以記敘為主的表達方式，都呈現了一定的個人觀點等等。但其區別是，回憶錄不需要特別為歷史負責，而自傳常常需要在歷史事件的表述上更為準確、客觀。這使得回憶錄的語言更富有個性，而自傳的語言則更為真實、中立、正式。因此，同為應用文體的二者，在考察的過程中不僅要具體問題具體分析，更要把握兩者在宏觀方面的功能特點，從而對其因此產生的文體特徵做到心裏有數。

回憶錄文體如同個人的喃喃絮語，回憶錄的價值更與作者身份有著緊密的關聯。一般來說，歷史上的政治人物與名人的回憶錄，其歷史文獻意義較為重大。回憶錄的個人性、敘事性與歷史事件的真實性、客觀性，是相互並存、相互印證的關係。

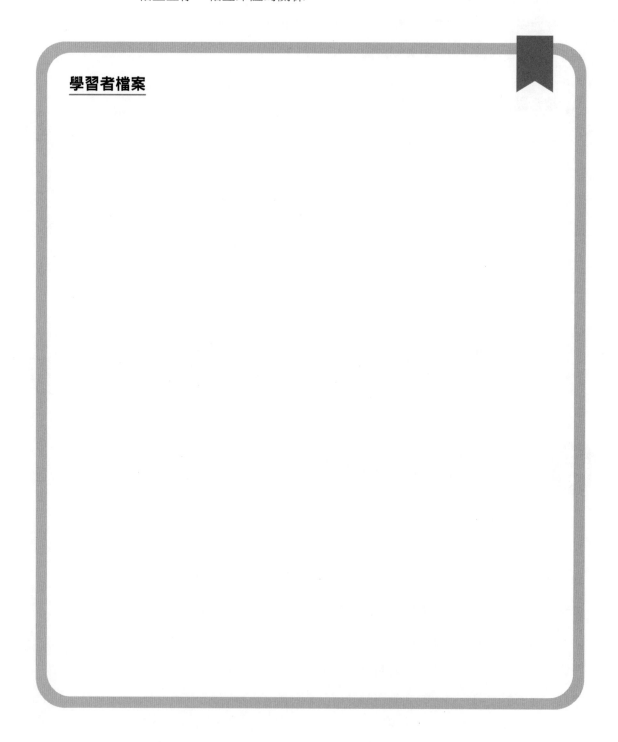

學習者檔案

視覺形象設計	靳劉高創意策略
責任編輯	王　穎
書籍設計	道　轍
排　版	陳先英　楊　錄

書　名	DP 中文 A 語言與文學課程試卷（1）非文學文本分析七分範文點評（繁體版）
	DP Chinese A Language and Literature Course Paper 1
	Non-literary Contexts Exemplary Essays (Traditional Character Version)
編　著	季建莉　徐亮
出　版	三聯書店（香港）有限公司
	香港北角英皇道 499 號北角工業大廈 20 樓
香港發行	香港聯合書刊物流有限公司
	香港新界荃灣德士古道 220-248 號 16 樓
印　刷	美雅印刷製本有限公司
	香港九龍觀塘榮業街 6 號 4 樓 A 室
版　次	2022 年 6 月香港第一版第一次印刷
	2023 年 9 月香港第一版第二次印刷
規　格	大 16 開（215 × 278 mm）136 面
國際書號	ISBN 978-962-04-4948-2

© 2022 Joint Publishing (H. K.) Co., Ltd.

Published & Printed in Hong Kong, China.

封面圖片 © 2022 站酷海洛

部分內文圖片 © 2022 站酷海洛

pp.021, 035, 036

本書引用的部分圖片或文字作品，由老樹先生、蔡志浩先生、《第一財經週刊》和新加坡慈濟網等提供，在此謹致謝忱！
另有部分作品未能與著作權人取得聯繫，敬請相關權利人與本社聯繫：publish@jointpublishing.com。

This work has been developed independently and is not endorsed by the International Baccalaureate Organization.